로크미디어가
유혹하는
재미있는 세상

이것이 법이다

이것이 법이다 120

2021년 9월 3일 초판 1쇄 인쇄
2021년 9월 8일 초판 1쇄 발행

지은이 자카예프
발행인 김정수 강준규

기획 이기헌 왕소현 박경무 강민구
책임편집 최전경
마케팅지원 배진경 임혜솔 송지유 이영선

발행처 (주)로크미디어
출판등록 2003년 3월 24일
주소 서울시 마포구 성암로 330 DMC첨단산업센터 318호
Tel (02)3273-5135 **편집** 070-7863-8592 **Fax** (02)3273-5134
홈페이지 rokmedia.com **E-mail** rokmedia@empas.com

ⓒ 자카예프, 2015

값 8,000원

ISBN 979-11-354-8923-5 (120권)
ISBN 979-11-255-9575-5 04810 (세트)

이것이 법이다

120

자카예프 장편소설

로크미디어

CONTENTS

본질의 이면

"무슨 말이에요?"

결국 곽주혜는 더 이상 이야기할 필요가 없을 것 같다면서 좋게 말하면 거절, 대놓고 말하면 세 사람을 쫓아냈다.

곽주혜와 이야기하던 윤영지는 갑작스러운 상황에 당혹스러워하며 자초지종을 물을 수밖에 없었다.

"목소리, 이상하지 않던가요?"

"설마 목소리가 이상하다고 곽주혜 씨에게 그렇게 물어본 겁니까? 부부장검사님, 그런 사람이었어요?"

"아니, 진정하고 내 말을 들어요."

오광훈은 발끈하면서 나섰다.

그리고 자신이 아는 것과 목소리의 변성 과정에 대해 설명해 줬다.

"트랜스젠더라고요?"

"그래요. 아마 조사해 봐야겠지만."

"하지만 주민등록번호는……."

그녀의 주민등록증을 확인했는데, 분명 2로 시작되고 있었다.

여성의 경우 2000년대 이전은 2로, 이후는 4로 시작되니 그녀의 주민등록번호에는 문제가 없었다.

"법적인 성별은 소송을 통해 전환이 가능합니다."

"가능하다고요?"

"행정소송의 영역인지라 검사님들은 잘 모르겠지만요."

물론 그게 쉬운 건 아니다.

과거에는 절대 바꿀 수 없었지만, 트랜스젠더에 대한 이미지가 바뀌고 인권에 대한 사람들의 인식이 바뀌면서 법 역시 바뀌었다.

과거에는 트랜스젠더라고 하면 정신병자처럼 취급하기도 했지만, 지금은 일부에서 제삼의 성으로 생각하는 정도로 변했다.

물론 여전히 부정적인 의견이 많지만 과거에 비하면 혐오의 시선이 줄었다.

"그래서 지금은 소송을 통해 그걸 바꿀 수 있습니다. 물론 쉽지는 않지만요."

조건은 엄청나게 까다롭다.

일단 몇 년간의 성적 정체에 대한 정신적 치료 과정 또는 확인 과정이 필요하며, 확고한 수술 개념 또한 필요하다.

쉽게 말해서 남자라면 거시기 떼어 버리는 수술을 해야 한다는 거다.

정상적인 남자라면 차라리 죽으면 죽었지 그런 선택은 하지 않을 테니 그 수술을 한다는 것 자체가 매우 힘든 일이다.

"그렇기 때문에 그러한 자료를 가지고 행정소송을 하는 경우 주민등록번호가 여성으로 바뀝니다."

생물학적 여성이 아닌 사회적 여성이 되는 것이다.

"그런데 그런다고 해서 생물학적인 부분까지 몽땅 남성에서 여성으로 바뀌는 건 아니거든요."

실제로 여성으로 성전환한 운동선수의 출전에 대해 스포츠계에서는 여전히 말이 많다.

사회적으로는 그게 올바른 일일지 모르나 스포츠 정신에 따르면 절대 올바른 일이 될 수가 없기 때문이다.

올림픽 규정에 따르면 일정 이상의 여성호르몬 농도를 유지하고 있어야 출전이 가능하며, 또 남성호르몬이 근력을 상승시켜 주기에 대회에 출전하는 트랜스젠더 여성은 반드시 여성호르몬 주사를 맞아야 한다.

그런데 여성호르몬 주사를 맞는다고 있던 근력이 갑자기 약해지는 건 아니다.

하물며 평소 훈련할 때는 맞지 않다가 대회가 시작하기 전에 여성호르몬을 맞으면?

검사 결과는 정상으로 나오지만 여성 기준으로 보면 도핑이나 마찬가지다.

"하물며 스포츠도 그런데 평소에 여성호르몬 검사를 할 수는 없잖아."

오광훈은 어깨를 으쓱하며 말했다.

"곽주혜가 범인이 맞는다면 이야기가 좀 달라지지."

지금까지 단 한 번도 범인이 여성이라는 생각은 해 본 적이 없다.

기본적으로 모든 것이 남성 위주였으니까.

근력도, 사건의 성향도 남자라는 결론이 나왔다.

그래서 절대 여자라고는 생각하지 않고 오로지 남자만 추적했다.

"그런 면에서 곽주혜는 누가 봐도 여자야."

즉, 곽주혜를 설사 마주쳤다고 해도 수사관들은 의심할 거리가 없었을 거라는 소리다.

"하지만 왜요? 이해가 안 되잖아요? 곽주혜는 잘살던데? 그런 여자가…… 아니, 남자? 하여간 그런 사람이 왜 불을 지르죠?"

"기본적으로 방화범의, 특히 방화 살해범의 공통점은 사회적 불만입니다."

"그 사람이 사회적 불만을 가질 이유가 없잖아요?"

"있지요, 트랜스젠더라는 것."

"네?"

"트랜스젠더에 대한 이미지가 좋아진 것은 사실이지만 과거와 비교해서 나아졌다는 거지 현재에도 결코 좋은 이미지는 아닙니다."

여전히 많은 사람들이 트랜스젠더를 정신병자 취급하고 심지어 치료해야 한다고 생각한다.

"그녀가 아무리 노력한다고 해도 이상한 건 이상한 거죠."

특히 오광훈이 말했던 것처럼 그녀는 목소리를 변성시키는 중이다.

"생각해 봐요. 아주 야리야리한 미녀의 입에서 걸걸한 남자 목소리가 나오는 거죠. 그러면 기분이 어떨 것 같나요?"

"확실히 이상하기는 하겠군요."

그런 상황이라면 대부분 저도 모르게 거리를 두게 되기 쉽다.

"즉, 돈과 상관없이 사회에서 배척받게 된다는 거지."

"하지만 그곳에서 배척의 흔적은 없었는데……."

가족들은 곽주혜를 진짜 딸처럼, 그리고 언니처럼 대했다. 그랬기에 윤영지도 이상하다는 생각을 하지 못한 것이다.

"상대적인 문제이기는 한데, 고위층보다는 하위층이 인권에 대한 개념이 부족하기는 합니다."

"이해가 안 가는데요. 하위층에 대한 모욕 아닌가요?"

윤영지는 고개를 흔들었다.

"모욕이 아니라 현실이죠. 차이와 차별은 다른 겁니다. 뭘 하시든 그건 확실하게 인식하세요."

"차이라는 건가요? 하지만 우리나라의 교육 수준은 아주 높은 걸로 알고 있는데요."

그 말에 노형진은 고개를 흔들었다.

실제로 한국은 교육 수준이 아주 높은 나라 중 하나다. 하지만 그렇다고 해서 혐오가 사라지는 것은 아니다.

"간단하게 생각해 보세요. 초등학교에 입학해서 중학교, 고등학교를 거쳐 대학교를 졸업할 때까지 수업 중에 성 소수자의 인권에 대해 따로 교육을 받거나 한 적이 있나요?"

"으음……."

그 말에 윤영지는 곰곰이 생각을 하다가 고개를 흔들었다.

그녀는 공부를 잘했다. 당연히 수업도 열심히 들었다.

하지만 그 시간 동안 인간의 천부인권 같은 말은 배웠지만 성 소수자나 트랜스젠더 같은 이들에 대한 개별적 인권에 대해 교육받은 적은 없었다.

"공부를 잘하면 인권에 대해서도 잘 알 거라는 건 일종의 심리적 함정입니다. 그 말이 맞는다면 변호사들은 다 인권 변호사가 되어야겠지요."

"하지만 그래도 인권에 관련된 자료는 엄청나게 많지 않나요? 지금도 인터넷에 넘치는 게 그런 걸 텐데."

확실히 인권에 관한 무수한 자료들이 인터넷에 돌아다니고 있고 조금만 찾아보면 쉽게 조사를 할 수 있다.

"맞습니다. 찾으면 할 수 있죠. 그런데 우리한테 본질적인 문제는 모두의 인권이 아닙니다."

"그러면요?"

"곽주혜의 문제이지요. 곽주혜라는 사람이 당한 인권침해가 얼마나 심할지의 문제라는 겁니다. 이럴 때는 이 말이 정확한 표현이 되겠네요. 악이 승리하기 위해서는 선의 침묵이 필요하다."

"아!"

그 말 한마디에 윤영지는 바로 알아들었다. 그녀도 검사로서 그 말이 의미하는 걸 모르는 바가 아니니까.

"그 부분은 생각도 못 했네요."

사실 곽주혜에게 극단적 혐오감을 드러내는 사람은 그다지 많지 않을 것이다.

한국에서 인권에 대한 인식은 많이 발전했고, 그녀가 트랜스젠더라고 해도 그걸 가지고 대놓고 혐오하는 사람은 소수일 것이다.

"문제는 그 소수입니다."

누군가 곽주혜를 공격할 때, 과연 주변에서 곽주혜를 위해서 싸워 주고 막아 줄까?

아니다. 일반적으로 그런 경우 사람들은 침묵을 선택한다.

스스로 곽주혜를 공격하지는 않겠지만, 한편으로는 그 싸움에 휘말려 손해를 입고 싶지도 않기 때문이다.

문제는 이런 식으로 인권을 무시하고 공격하는 놈들의 경우는 정의감 같은 게 아니라 혐오와 일종의 패배감을 감추기 위해서 그런 행위를 하는 거라, 쉽게 공격을 멈추지 않는다는 거다.

"곽주혜는 그런 면에서 정확하게 맞아떨어지지요."

트랜스젠더라는 사회적 약자의 면모를 가지고 있는 데다가 사회적으로 돈이 많은 집안인지라 일종의 질투의 대상이 되기 쉽다.

그러니 끊임없이 공격하는 놈들이 있었을 것이다.

자연스럽게 곽주혜 주변에서는 사람들이 멀어지게 된다.

같이 있으면 그런 미친놈들과 자꾸 엮이니까.

"그렇게 되면 곽주혜의 입장에서는 공격하는 놈들만 남게 되는 거군요."

"맞습니다. 미꾸라지 한 마리가 물을 흐리는 거죠."

그렇게 홀로 싸워야 했던 곽주혜의 입장에서는 결국 세상이 자신을 혐오한다고 느낄 수밖에 없다.

인권에 대해 아는 대부분이 침묵을 선택하니까.

"복잡한 문제군요. 교육을 좀 하면 나으려나요?"

"복잡한 문제죠. 교육이라……. 글쎄요. 그걸로 해결이 되지는 않을 것 같네요. 교육을 한다고 미친놈이 사라지는 건 아니라서요."

요즘 많은 회사에서 성차별과 성희롱에 관련된 교육을 하지만 거기에 트랜스젠더에 관련된 교육은 들어가지 않는다.

"그리고 그런 식으로 계속 넣으면 끝도 없거든요."

만약 트랜스젠더의 인권에 대한 내용을 추가한다고 치자. 그럼 다음은?

게이나 레즈비언 같은 동성애자의 인권을 넣으라고 요구할 테고, 그다음에는 절도와 사기, 업무상 배임을 저지른 자에 대한 인권을 넣으라고 요구할 수도 있다.

"얼마 전에 방송에서 어떤 인권 운동가가 아동 성범죄자의 인권을 이야기한 적이 있지요? 그건 취향의 차이라며."

"아, 그 미친놈!"

아동 성범죄는 취향이 아니라 범죄일 뿐이다.

하지만 몇몇 자칭 인권 운동가들은 그걸 성적 취향으로 포장하면서 자신들이 저지른 범죄를 덮는 데 쓰려고 한다.

"결국 곽주혜는 그런 자들에게 무시당하고 정신적 피해를 입을 수밖에 없었을 겁니다. 그건 피할 수 없죠."

"그게 방화광으로 나타났다?"

"그럴 가능성이 높습니다."

사회에 대한 분노. 자신을 이해해 주지 않는 것에 대한 극심한 피해망상.

"하지만 트랜스젠더라고 해서 그렇게까지 할까요?"

"언더 도그마에 빠지기 쉬운 문제이긴 합니다만 제 생각이 맞을 겁니다."

"아⋯⋯."

사회적으로 트랜스젠더는 약자에 들어간다.

그래서 약자는 선하다고 생각하는 언더 도그마가 잘 발생한다.

"하지만 범죄는 범죄일 뿐입니다. 약자고 강자고 없지요."

윤영지는 고개를 끄덕거렸다.

"일단 곽주혜에 대해 알아보죠. 그리고 그 사람에게 미행을 붙이도록 할게요."

"좋은 생각입니다."

최소한 곽주혜를 감시하는 동안은 범죄가 발생하지 않기를 노형진은 바랐다.

곽주혜는 섣불리 움직이지 않았다.

검사가 자신을 찾아왔다는 것 자체가 의심스러운 상황일 수밖에 없으니 움직임을 최소한으로 줄인 것이다.

그리고 조사 결과, 오광훈의 말대로 곽주혜는 원래 남자였다.

"우와, 이게 저렇게 바뀌었다고? 과학기술은 진짜 승리하는구나."

윤영지가 찾아낸 곽주혜의 옛날 사진.

과거에 곽빈원이라고 불리던 시절의 모습은 미녀는커녕 사람 서넛은 때려죽여도 이상할 게 없을 정도로 우락부락한 근육질의 남자였다.

"이런 사람이 갑자기 성별을 바꾼다는 게 이해가 안 가는데요."

"저도 이해가 안 갑니다. 하지만 애초에 인간이 모든 인간을 이해할 수는 없지요."

노형진은 그 당시 사진들을 확인하면서 고개를 흔들었다.

그 자료들을 보면 곽빈원은 멀쩡한 남자, 그것도 상남자였다.

"군대도 다녀오고 헬스도 제법 했고 심지어 여자 친구도 있었어요. 그런데 왜?"

"일종의 정신적 가면인 겁니다."

"정신적 가면?"

"종종 있는 일이죠."

사회적으로 트랜스젠더가 비판받는 문화이다 보니 자신의 성향을 감추려고 하는 경우가 제법 많다.

실제로 게이와 레즈비언이 가짜 결혼식을 올리고 아이까지 가지는 경우도 있었다.

진짜로 관계를 가지는 게 아니라, 사회적 눈치 때문에 그러는 것이다.

아이 역시 상호 간의 관계가 아닌 체외수정으로 가졌고 말이다.

"정신은 여자인데 남자로 태어났으니 인정하기 힘들었겠죠."

그러면 그걸 감추기 위해 더더욱 남성적인 면을 부각시킴으로써 자신은 정상이라고 외부에 드러내려 하는 것이다.

"음…… 양심에 찔릴수록 목소리가 커지는 거랑 비슷하다고 보시면 됩니다."

그러다가 결국 못 버텨서 헤어지고 순순히 현실을 받아들이는 거다.

"그런데 그 가족들은 쉽게 받아들일지 모르지만 주변은 다르죠."

"하긴. 확인은 했어요. 우리가 놓친 부분이 있더라고요."

뭔가를 꺼내는 윤영지.

그녀가 꺼낸 것은 사망자들의 명단이었다.

"공통점이 있었어요."

"공통점요?"

"네. 노 변호사님이 말씀하셨잖아요? 곽주혜가 왜 살인을 했는가에 대해서는 알려진 게 없다고."

물론 묻지 마 방화도 있다.

하지만 이번 일은 묻지 마 방화가 아니었다.

"그 빌라에 살던 사람들 중에 곽주혜, 아니 곽빈원의 전 여자 친구가 있어요."

"전 여자 친구라면……."

"이야기를 들어 보니 과거에 헤어지면서 곽빈원의 여성적인 부분을 친구들에게 폭로한 모양이에요."

아무리 남성적인 면을 드러내려고 했다지만 기본적으로 자신이 여자라고 머릿속에서 인식하고 있기 때문에 그러한 부분은 자신도 모르게 티가 날 수밖에 없다.

하지만 남자가 여성적인 부분을 가지고 있다고 해서 살인으로까지 이어지지는 않는다.

"설마……?"

"해서는 안 되는 짓을 한 거죠."

곽주혜, 아니 그 당시에 곽빈원은 자신의 여성적인 부분 때문에 여장을 하는 때가 종종 있었다.

하지만 다른 사람들은 그걸 몰랐다. 집에서만 그랬으니까.

하지만 여자 친구는 그걸 알게 되었고, 그 일로 인해 사이가 멀어지다가 결국 헤어지게 되었다고 한다.

"친구들의 말로는 화가 난 그 전 여자 친구가 곽빈원이 여장을 하고 다닌다는 소문을 학교에도 낸 모양이에요."

"하!"

남성적인 근육남이 여장을 하고 다닌다?

그건 이만저만 창피한 일이 아니다.

어떻게 보면 트랜스젠더보다 더 이해받지 못하는 게 여장 남자다.

그런데 그런 소문을 냈다고?

"그 여자가 복수심에 선을 넘었네."

그 소문으로 인해 곽빈원은 결국 학교를 그만둬야 했다.

웃긴 건, 정작 친구들은 뭐 그런 미친 짓을 했냐 하면서 낄낄거리면서 놀렸을지언정 그걸 가지고 심하게 뭐라고 하지 않았지만, 전 여자 친구와 결탁한 일부 사람들이 위협을 느낀다는 둥 정신병자를 학교에 둘 수는 없다는 둥 하는 말을 하면서 일을 키워서 자퇴하게 만들었다는 거다.

"멍청한……."

노형진은 한숨을 쉬었다.

가끔 헤어지면 그걸 못 버티고 상대방에게 피해를 입히려고 하는 사람들이 있다.

남자는 보통 직접적인 공격을 선호하지만 여자들은 상대방을 사회적으로 매장시키려고 한다.

"그 여자가 그런 거군요."

"네, 맞아요. 왜 그랬는지 알지는 못하지만."

"아마도 배신감 때문일 겁니다."

진짜 사랑해서가 아니라 그냥 외부에 정상으로 보이기 위해 자신과 사귀었던 것뿐이라는 소리를 들으면 어떤 여자가 화가 안 나겠는가?

진심을 부정당한 사람은 남자든 여자든 눈이 돌아가기 마련이다.

"그게 벌써 4년 전 일이라 우리는 인식하지 못했어요."

그러다가 사건을 저지르면서 가장 먼저 대상이 된 것이 분명했다.

"그 여자가 그 집에서 4년 이상 살았던 거군요."

"1층에서 일가족이 같이 산 모양이에요. 두 번째 사건 같은 경우는 그가 일했던 회사구요."

"그 고시원요?"

"아니요. 건설사가요."

"아!"

분명 그 고시원은 주변에서 대형 공사가 시작되면서 사람들이 꽉 찼다고 했다.

그러면 그 공사 현장은?

"우리도 그 부분을 감안하지 못했죠. 사실 전혀 다른 별건이었으니까."

그런데 하필이며 그 공사를 하는 기업이 그가 학교를 그만두고 들어간 곳이라는 거다.

"건설이라……."

건설은 무척이나 남성적인 세계다.

위험도도 높은 데다가 근력이나 지구력도 엄청나게 요구한다.

일부 여성이 근무하는 신호수 등의 업무가 없는 것은 아니나 현실적으로 대부분의 공사는 남자가 하기 마련이고, 그곳에서 여성적인 부분이 드러나면 좀 독하게 말하면 진짜 병신 취급을 받는다.

"전에 하위층과의 트러블이 있을 거라고 했지요?"

"네."

건설업 쪽은 전형적인 하위직 사람들의 근무 환경이다.

아무리 직업에 귀천이 없다고 포장해도 그건 변할 수 없는 사실이다.

"그곳에서 중국인들과 트러블이 심했던 모양이에요."

"중국인들? 하긴 요즘 공사 현장을 채우는 건 대부분 중국인 노동자죠?"

이제는 중국인 없으면 공사판이 돌아가지 않을 정도로 중국인 노동자들의 수는 많아졌다.

실제로 노형진이 해결한 사건 중에는 그들이 세력화해서 아예 한국인 노동자들을 배제하면서 날림 공사하던 사건도 있었다.

"중국인들은 좀 무식하죠."

중국인들은 무척이나 드세다.

싸움이 나면 일단 칼부터 꺼내 드는 게 중국인들이다.

그런데 그런 중국인들이 공사판에 들어왔고, 공사판은 남성인 세계이다 보니 그들이 권력을 잡게 되었다.

"자세한 건 모르지만 그들과 트러블이 생기면서 결국 그 회사에서 해직이 되었다고 해요."

극단적으로 남성성을 추구하는 세계에서 극단적으로 남성

성을 추구하는 사람들과 같이 있다 보니 곽빈원의 입장에서는 돌아 버릴 지경이었으리라.

더군다나 곽빈원이었던 시절은 외모만 본다면 상남자의 포지션인지라 더더욱 남성적으로 대하면서 몰아붙이는 사람들이 있었을 테고 말이다.

결국 그가 터졌다면 중국인들은 극단적인 선택을 해서 그를 몰아내려고 했을 가능성이 높다.

그리고 답은 보고서에 있었다.

"중국인들이 파업을 했나 보군요."

윤영지는 고개를 끄덕였다.

'아무래도 약점을 잡혔나 보군.'

그게 뭔지 알 수는 없지만 어찌 되었건 중국인들이 파업을 하면 그건 심각한 문제다.

공사 현장이 멈추면 기업은 그 기간만큼 손해를 본다.

더군다나 중국인들은 한국인들과 다르게 혼자 파업하는 게 아니라 다른 사람도 근무하지 못하도록 공격하는 성향이 있다.

실제로 노형진이 그 공사 현장 문제를 해결할 때 겪었던 골칫덩어리가 바로 그것이었다.

"보통은 그 정도 일이 터지면 알아서 거를 텐데?"

"아마도 곽빈원의 잘못이었을 거라고 생각돼요."

어찌 되었건 곽빈원은 그 사건으로 인해 해직되었다고 한다.

"그게 3년 전 사건이고요. 그리고 기록에 따르면 그 이후 부터 성전환 수술을 준비했다고 하네요."

그러면 대충 시기는 맞다.

그 사건 이후에 복수를 위해 불을 지른 거라면 말이다.

"그러면 바로 체포하면 되겠네."

오광훈은 시큰둥한 표정으로 자리에 앉아서 말했다.

피해자들과의 관계가 특정이 되었고 관련자들이 사망했다. 그러니 잡으면 그만이다.

"그게 쉽지 않아. 그걸 증명할 방법이 없잖아."

당장 빌라 화재 사건의 경우는 이미 언론을 통해 남자가 방화범이라고 나간 상황이다.

고시원 사건 역시 그랬다.

그런데 뜬금없이 여자를 체포한다?

아무리 그게 트랜스젠더라고 해도 의심을 받을 수밖에 없다.

"그리고 요즘 검찰 분위기 안 좋은 거 알지?"

"아, 알지. 아주 잘 알지."

오광훈은 고개를 끄덕거렸다.

검찰이 근래에 워낙 삽질을 많이 해서 요즘은 일단 고소가 들어가면 무조건 검찰의 조작이라는 이미지가 강하다.

"그러니까 무조건 확실한 증거를 찾아야 해."

"하지만 무슨 수로요?"

"그놈은 완전히 관련이 없는 사람만 특정하는 것 같지만 결국 관련 있는 사람을 피해자로 고르고 있지 않습니까?"

노형진은 윤영지에게 그렇게 말하면서 미소 지었다.

"그 말은, 지난번에 불을 지르려고 했던 곳에도 곽주혜를 무시하거나 했던 인간이 있을 거라는 거죠."

"아!"

"그러니 그 사람을 우선 찾아보는 게 좋을 겁니다."

"아, 좋은 생각이네요."

그리고 그를 알게 된다면 어쩌면 곽주혜를 잡을 수 있을지도 몰랐다.

⚖️

"이 여자가 곽빈원이라고요?"

곧 원룸촌에 살던 남자 중에서 관련자를 찾을 수 있었다.

그는 여전히 그 회사에 다니는 사람으로, 곽빈원의 사수였다.

"그는 성 전환을 하고 현재는 곽주혜로 살아가고 있습니다. 다만 그녀가 왜 당신을 죽이려고 했는지 좀 알고 싶은데요."

남자는 부르르 떨었다.

살인범이 자신을 노렸다는데, 그것도 과거의 후배가 자신을 죽이려고 했다는데 무섭지 않으면 그게 이상한 거다.

"저는 더 이상 엮이고 싶지 않은데요."

"그러면 다음번 화재가 일어날 장소가 어딘지 알게 되겠지요, 아주 가까이에서."

오광훈의 퉁명스러운 대답에 남자는 침을 꿀꺽 삼켰다.

"우리 검찰도 그녀를 평생 감시할 수는 없어요."

그 말이 쐐기가 된 건지 남자는 조심스럽게 입을 열었다.

"이…… 바닥이 말입니다. 그러니까 좀 그렇잖아요."

"제대로 말을 해요, 제대로."

오광훈의 눈빛이 험악해지자 남자는 도움을 구하듯 윤영지를 바라보았다.

그러나 윤영지 역시 눈을 부라리자 한숨을 쉬며 그는 입을 열었다.

"공사를 하다 보면 접대라는 걸 받습니다. 저희가 하기도 하고 또 받기도 하고."

"음……."

"저희는 원청회사라……."

즉, 1차 도급을 받아서 다른 회사에 2차, 3차 하청을 주는 회사라는 거다.

그리고 곽주혜, 아니 그 당시 곽빈원의 집안 능력을 생각하면 그런 곳에 취업하는 것이 그다지 어려운 일은 아니었을 것이다.

"그래서 로비를 많이 했습니다. 뭐, 그 로비라는 게 돈도 되지만 성적인 것도 되거든요."

"그거랑 중국인들이랑 무슨 관계가 있습니까?"

"중국인들 중에도 작업반장이 있으니까."

중국인들은 한국인 반장의 말을 안 듣는다. 아예 말이 안 통하는 척하는 놈들도 있다.

일부는 소국의 놈들이 대국의 국민을 통제하는 게 말이나 되느냐는 헛소리를 하기도 한다.

"그래서 그런 곳에 갈 때 그런 반장들을 데리고 갑니다."

"허."

"어쩔 수가 없어요. 이제는 중국인 노동자들이 없으면 건설 현장이 안 돌아가니까."

그나마 잡부가 필요한 거면 인력시장에서 구해 오면 된다.

하지만 목수나 전기기술자 같은 전문 직종은 그게 안 된다.

만일 그들이 일을 하지 못하겠다고 버티기 시작하면 공사는 미뤄지고 하청 회사 입장에서는 피가 마른다.

하청이라는 건 결국 정해진 돈을 받고 하는 건데, 그 금액에서 오버되면 부족한 돈은 자기가 내야 하기 때문이다.

"그래서 중국인들 사이에서 힘이 있는 사람들을 데리고 갔는데……."

"그랬는데?"

"곽빈원이 고자라는 소문이 돌더라고요."

"고자?"

"네. 저는 그게 거짓말인 줄 알았는데 소문을 들어 보니 진짜라고……. 그래서 좀…… 심하게 놀렸습니다."

노형진은 남자를 바라보았다.

'심하게 놀린 정도가 아닌 것 같은데?'

딱 봐도 입이 싸 보이는 남자다.

아마도 그런 소문이 생겼다면 이 남자가 퍼트렸거나 퍼트리는 데 핵심적인 일을 했을 것이다.

남자들 사이에서 누군가가 다른 사람을 고자라고 소문을 낸다?

그건 둘 중 하나가 죽을 때까지 싸우자는 소리나 마찬가지다.

특히나 남성적인 건설 업계에서 본사에서 내려온 직원이 고자라고 소문이 난다?

'멍청한 새끼.'

당연히 근무자들은 그걸 가지고 키득거리며 그를 무시할 테고, 그의 통제를 따르는 사람은 없어질 것이다.

뭐랄까, 남자들 특유의 자존심 싸움이라고 할까?

마음에 안 드는 이야기가 나올 때마다 고자라고 뒤에서 수군거릴 테니까.

"그래서였나 보네."

정신적으로는 여자이다 보니 당연히 여자에게는 음심이 동하지 않을 테고 여자와 관계를 가지지 못했을 것이다.

그게 문제가 되어서 여자 친구와 헤어지고 취업을 했는데 거기서도 고자 취급을 받고 그렇게 무시당하고 결국 쫓겨났다면, 과연 곽빈원은 무슨 생각이 들었을까?

'아마도 결국 자신을 받아들이게 되었겠지.'

자신은 더 이상 남자로 살 수 없다는 걸 인정하고 수술을 하고 여자로 다시 태어났을 것이다.

'하지만 과연 고마워할까?'

그럴 리가 없다.

자신이 받아들인 부분도 있겠지만 그들의 가혹한 왕따로 인해 그렇게 된 부분 역시 존재한다.

그래서 원한이 생겨나 그 후에 그걸 복수하기 위해 불을 지른 것이 분명했다.

"혹시 불에 집착하거나 그런 건 없었나요?"

"어…… 딱히 그런 건……. 아, 그 뭐냐, 공사판에서는 불을 제법 많이 피우거든요. 가끔 그걸 물끄러미 바라보고 있긴 했어요."

원래 소각은 금지다. 하지만 공사 현장에서는 가끔 불을 피운다.

추울 때는 직원들이 몸을 녹이기 위해 불을 피우기도 하며, 겨울에 공사할 때는 콘크리트를 말리는 작업인 양생을 하기 위해 불을 피우기도 한다.

콘크리트는 물을 섞어서 쓰는데, 날씨가 추우면 그대로 얼어붙어서 마르지 않기 때문이다.

"그때인 것 같네."

일반인이 평소에 볼 수 있는 불은 기껏해야 가스 불 정도일 것이다.

하지만 공사 현장에서는 여러 가지 이유로 불을 많이 피워서 일한다.

그러니 불에 자주 접할 수밖에 없다.

"그때 매료된 게 분명해."

그러면 시기도 맞다.

그 전에는 불에 딱히 신경 쓰지 않던 놈이 갑자기 반응한 걸 보면 말이다.

"그러면 어떻게 합니까? 그…… 잡아가면 안 됩니까? 네? 잡아가서 감옥에 넣으면…….''

자신이 불에 타 죽을지도 모른다는 생각에 남자는 부들부들 떨었다.

"증거가 없습니다. 현재로써는요."

곽주혜는 철저하게 얼굴을 감췄고, 근력 문제로 증거의 대부분은 범인을 남자로 추정하고 있다.

유전적 정보라도 남아 있으면 모르지만 아무것도 없었다.

"그 애견 센터는 어때요?"

실험을 위해 동물들을 태운 곳.

혹시나 그곳에서 곽주혜의 신분증이 사용되지 않았을까 하고 노형진이 물었지만 윤영지는 고개를 흔들었다.

"이미 확인해 봤어요. 증거가 나왔다면 어떻게 해서든 체포해서 감옥에 넣었겠지요."

하지만 그녀와 관련된 자료가 없었다.

'하긴 당연한 건가?'

가짜 주민등록증을 만드는 건 어려운 일이 아닌 데다, 여자의 경우는 화장에 따라 이미지가 달라진다.

특히나 곽주혜는 단발머리를 하고 있기 때문에 원한다면 가발을 쓴다거나 하는 식으로 자신을 감추기 쉬웠을 것이다.

"곽주혜는 머리가 좋아요. 지금까지 안 걸리고 이렇게 보복할 정도면 흔적을 남겼으리라고 보기는 힘들어요."

물론 정황증거가 명확하니 곽주혜를 불러다가 취조해도 된다.

하지만 문제가 되는 건 그 곽주혜의 집이다.

지하 주차장까지 따로 만들 정도의 돈이 있는 집.

그런 집이라면 곽주혜가 체포당하는 걸 구경만 하고 있지는 않을 테고, 체포당한 지 30분 내에 못해도 세 명의 변호사는 동석하게 될 것이다.

'그리고 곽주혜가 그걸 모르지는 않을 테고 말이지.'

결과적으로 타초경사의 우를 범할 가능성이 크다.

'그리고 인권 단체 놈들도 끼어들 테고. 하아…….'

사실 노형진은 인권은 중요하다고 생각하지만 요즘 활동하는 인권 단체들에 대해서는 불만이 많다.

많은 단체들이 언더 도그마에 빠져 있기 때문이다.

약자는 무조건 선하다, 약자는 보호해야 한다, 그런 생각에 빠져서 제대로 사실 확인도 하지 않는다.

그렇다 보니 사회적 약자가 범죄에 연루되면 일단 권력에 의한 피해자로 몰아붙이면서 기존 사회질서를 물어뜯는 성향이 강하다.

"뭘 생각 하는지 안다. 이번에도 인권 단체가 가만히 있지 않을 거라는 거지?"

"어떻게 안 거야?"

"그놈들에게 당한 게 한두 번이냐?"

옆에 있던 오광훈은 피식 웃었다.

"하는 짓거리를 보면 조폭하고 그다지 다르지도 않던데 뭔 놈의 단체들이 그리 많은지. 아예 그냥 무슨 무슨 파라고 부르지."

노형진의 얼굴이 붉어졌다. 틀린 말은 아니니까.

"무슨 말씀이시죠?"

"일단 정황증거로 보면 곽주혜가 범인 같지만 인권 단체가 그거 가지고 또 지랄할 거라는 거죠."

윤영지는 눈을 찌푸렸다.

그런 언더 도그마 현상은 검찰이라면 한 번은 겪는다.

심지어 그러한 언더 도그마 때문에 많은 경찰들이 범인을 남성이라고 단정 짓고 수사하는 경향이 강해서 많은 사건이

미결 사건으로 넘어간다.

그러니 체포 이후에 취조해서 사실을 드러나게 하는 건 불가능하다고 봐야 한다.

"그렇다고 이제 와서 불을 지르기를 기다리는 건 안 될 것 같은데요."

원한이 강한 건 분명하지만, 지금 곽주혜는 이쪽에서 의심하는 걸 알아차렸다.

그런데 과연 바로 또다시 불을 질러서 자신을 모욕했던 사람들을 죽이려고 할까?

그건 아니다.

원한에 의한 살인의 무서운 점이 그거다.

원한을 잊어버리지 않는 이상 10년 후가 될지 20년 후가 될지, 그 복수의 시기를 알 수 없다는 것.

"이미 이번 사건에서 피해자들이 피해를 준 시기는 4년 전 그리고 3년 전입니다. 그 말은 곽주혜의 복수 또한 쉽게 멈추지는 않을 거라는 거죠."

그렇다고 해서 이쪽에서 어떻게 할 수는 없다.

감시? 그랬다가는 당장 변호사들이 달려와서 인권 운운하며 검찰에 압력을 행사할 것이다.

돈이 없다면 모를까, 돈이 있다면 법에서 벗어날 길은 얼마든지 있다.

"그러니 우리가 범죄를 저지를 때를 기다리거나 범죄를 저지를 기회를 준다고 해도 절대 하지 않을 겁니다."

즉, 과거의 범죄를 증명해야 한다는 거다.

그러지 않으면 방화를 막지 못한다.

더군다나 곽주혜는 방화광의 성향을 보이고 있다.

그 말은 복수가 끝난다고 해서 방화를 멈추지는 않을 거라
는 뜻이다.

특히나 그는 불을 질러서 상대방이 고통스럽게 죽는 걸 즐
긴다.

그리고 복수자 이외에 다른 사람들이 죽는 것은 신경도 안
쓴다.

당장 빌라에서는, 가해한 건 전 여자 친구 한 명뿐이었지
만 빌라 한 동을 전부 태웠고, 고시원 역시 그랬다.

생각해 보라. 그 회사에서 3년 전부터 지금까지 근무하는
사람이 얼마나 되겠는가?

기본적으로 건설 업계는 사람이 자주 바뀌는 데다가 중국
에서 취업 비자로 들어온 사람들은 주기적으로 출국해서 비
자를 갱신해야만 한다.

당연하게도 그들이 들어왔을 때 그 자리가 남아 있을 가능
성은 그다지 높지 않다.

그가 없다고 공사를 쉴 수 있는 건 아니니까.

"그걸 알면서도 불을 질렀다는 건 남이 죽든 말든 상관없다는
거죠. 어떻게 해서든 그들이 죽는 걸 보고 말겠다는 건데……."

말을 하던 노형진은 순간 정신이 번쩍 들었다.

"방화광은 불을 자신의 예술품처럼 생각합니다. 그리고 거기에 복수가 붙었다면, 더더욱 그걸 보고 싶어 하겠지요."

"하지만 이미 확인해 봤어요. 주변 영상에 곽주혜는 없었어요."

"곽주혜는 바보가 아닙니다. 당연히 없겠지요. 하지만 멀리서도 보지 말라는 법은 없지 않습니까?"

이미 화재 현장 주변에서 확인한 영상에 곽주혜는 없었다.

하지만 그렇다고 해서 정말 그녀가 없는 걸까? 그저 현장 근처만 확인한 영상인데?

"만일 그 광경을 볼 수 있는 다른 곳이 있다면 어떨까요?"

"다른 곳요?"

"화재 현장을 볼 수 있는 거리에 있는 곳 말입니다."

현장 주변에 범인이 없다면 결국 다른 곳에서 봤다는 뜻이 된다.

방화광은 절대 자신이 지른 불에서 떠나지 못한다.

방화의 결과는 그들에게 있어서 하나의 예술품이기 때문이다.

예술가가 자신의 걸작을 버리고 가는 건 있을 수 없는 일이다.

"그리고 그 장소가 잘 보이는 곳은 결국 한정되어 있지요."

"맞아요. 이 여자가 찾아왔어요."

첫 번째 피해지였던 빌라를 지켜볼 수 있는 장소는 다름 아닌 오래된 백화점이었다.

그곳에서 내려다보면 화재의 현장이 다 보였다.

거리 자체도 그리 멀지 않아서 맨눈으로도 현장을 볼 수 있는 각도였다.

그러나 그곳에서는 제대로 된 증거가 나오지 않았다.

화재 현장을 볼 수 있는 위치가 하필이면 CCTV 카메라의 사각이었던 탓이다.

하지만 두 번째 장소에는 정확한 증거가 있었다.

그 고시원의 바로 건너편에 빌딩이 있었는데, 그 빌딩에는 화재 현장 쪽 창가에 위치한 커피숍이 있었기 때문이다.

그 커피숍의 창문에서 내려다보면 화재가 난 고시원이 훤히 보였다.

"그때 기억하고 있어요. 하루 종일 뉴스에서 그 사건을 떠들었으니까."

거기서 일하는 종업원은 그때 일이 생각난 듯 부르르 떨었다.

하긴 가까운 거리에서 사망자가 그렇게 발생했는데 두렵지 않을 리가 없다.

"그날 이 여자가 와서 물끄러미 창 바깥을 내다봤어요. 정확하게 저 자리였지요."

그녀가 가리킨 자리는 창문에 바로 붙어 있는 좌석이었다.

평소에도 경치가 좋은 자리라서 화재를 보기에도 좋았을 것이다.

"그런데 한참 보다가 갑자기 아무런 말도 하지 않고 황급하게 계산하고 나가 버리더라고요."

"기분이 어때 보였나요?"

"상당히 안 좋아 보였어요. 잔뜩 짜증이 난 것 같았어요."

그랬을 거다.

원래 계획대로라면 그 건물은 완전히 불에 휩싸여서 전소되었어야 한다.

하지만 다행히 소화기가 충분히 있었기에 불이 커지기 전에 잡을 수 있었고, 그나마 남아 있던 불도 그사이에 소방차가 와서 바로 꺼 버렸으니까.

"굉장히 화난 얼굴로 나가 버리더라고요."

"그래요?"

노형진은 턱을 문질렀다.

그녀가 여기에 왔다는 증거는 찾았다. 그리고 화재를 보고 있었다는 것도 결국은 증명할 수 있다.

'하지만 이건 결국 정황증거란 말이지.'

일단 소환해서 조사할 수 있는 수준의 자료는 찾았다.

하지만 범죄의 증명은 전혀 다른 일이다.

'집에 대한 압수수색? 아니야, 그건 의미가 없어.'

방화범은 트로피 같은 걸 잘 안 남기는 편이다.

그들이 보고자 하는 건 일렁이는 불꽃이다.

활활 타오르는 그걸 보면서 희열을 느끼는데, 아무리 잘 찍는다고 해도 아직 그걸 현실만큼 구현하는 건 쉽지 않으니까.

정황증거는 이 정도면 충분하다. 하지만 이 정황증거를 확실한 증거로 연결해야 잡을 수 있다.

'확실한 증거…… 확실한 증거…….'

물론 어지간한 증거는 경찰이 모아 놨을 거라는 것 정도는 안다.

하지만 그게 확실하게 처벌할 수 있는 그런 증거였다면 곽주혜가 아직까지 바깥에 있지는 않을 것이다.

'그렇다면…….'

노형진은 문득 기름을 빼냈던 그 차량이 생각났다.

주유구에 살짝 흠집이 나 있는 그 차량.

순간 노형진은 정신이 번쩍 들었다.

"차량 말입니다."

"네?"

"주유구에 흠집이 나 있던 그 수입차가 곽주혜의 차 아닐까요?"

그 집에는 자동차가 여러 대 있었다.

그러니 가족마다 차 한 대씩 있을 거라는 정도는 어렵지 않게 추측할 수 있다.

"하지만 다른 차량에서 기름을 빼냈다면 이상하게 생각할 수도 있지요."

차량의 기름통은 작은 차는 보통 30리터, 그리고 중형차의 기름통은 40~50리터 정도 된다.

만일 다른 가족의 차량에서 그 정도의 기름을 뺀다면 가족의 입장에서는 이상하게 생각할 수밖에 없다.

분명히 기름을 넣었는데 기름이 비는 거니까.

"그러면 곽주혜는 자신의 차량에서 기름을 빼냈을 겁니다."

그리고 노형진이 그 집에 갔을 때 분명 그 집의 주차장에는 CCTV가 있었다.

곽주혜가 그걸 뻔히 알면서도 지하 주차장에서 기름을 빼내지는 않았을 것이다.

"그 말은, 어딘가에 작업하는 장소가 있다는 거죠."

집일 수도 있고 공터일 수도 있다.

"생각해 보면 이 사건에서 곽주혜는 대포차를 구입했습니다. 그런데 그 대포차를 그냥 아무 곳에서 바로 사 올 수는 없지요."

"아!"

거래하는 업자가 있다고 해도, 사 가고 나서 바로 추적이 들어오면 의심을 받을 수밖에 없다.

그러니 사 두고 의심받지 않을 정도로 오래 둬야 한다.

그래야 나중에 도둑맞았다는 식으로 변명이 가능해질 테니까.

"그 말은 못해도 차량 세 대, 아니 이동에 필요한 것까지 치면 네 대는 있어야 한다는 겁니다."

곽주혜의 차는 수입차 중에서도 상당히 고가다.

대놓고 말하면 그녀가 불 지른 빌라의 경우 전셋값이 그 차의 절반도 안 되는 게 현실이다.

"당연히 그걸 끌고 다닐 수는 없었겠지요."

그곳을 이 잡듯이 뒤졌던 경찰이다.

그렇게 비싼 차가 그런 동네에서 운행했다면 이상하다는 생각을 하게 되는 건 당연한 일.

"그 차를 추적하면 대포차가 주차되어 있는 장소가 어딘지 알 수 있다?"

"아마도요."

윤영지는 고개를 끄덕거렸다.

"바로 찾아보죠."

추적을 시작하고 며칠이 지난 이후 윤영지에게서 연락이 왔다.

그러나 노형진이 검찰청에 갔을 때 윤영지의 얼굴은 좋지 못했다.

"무슨 일이 있나요?"

"그게…… 호호호호."

윤영지는 어색하게 웃었다.

그러자 옆에 있던 오광훈이 툴툴거리는 듯이 한 소리 했다.

"위에서 우리랑 친하게 지낸다고 지랄한단다."

"뭐?"

"스타 검사에서 빠지고 싶냐고, 대놓고 그랬대."

"뭔 개소리야?"

"존심 상한 거지."

그녀는 검찰에서 스타 검사로 밀어주는 사람이다.

그런데 사건을 해결하지 못해서 결국 오광훈과 노형진에게 도움을 받았다.

바로 이게 그들의 신경을 긁은 것이다.

애초에 검찰의 스타 검사는 새론의 스타 검사를 꺾기 위해 만들어진 것이다.

그런데 거기서 이기기는커녕 도움을 받아서 사건을 해결하려 하니 그들의 입장에서는 심기가 불편할 수밖에 없다.

"아니, 이번 사건은 그런 사건이 아니잖아?"

단순히 범인을 잡는 문제가 아니라 당장 수십 명의 목숨이 달려 있는 문제다.

이미 사망자가 수십 명인데 그걸 가지고 태클을 걸다니?

"언제 검찰이 국민들 목숨에 좆또 신경이라도 썼냐?"

"하긴. 지랄맞기는 하지."

만일 고문이 가능하기만 하다면 지금이라도 고문해서 죄를 만들어 내려고 하는 게 현재의 검찰이다.

정의? 그들에게 중요한 건 자존심과 권력이지 정의가 아니다.

"아무리 그래도 그렇지, 검사를 불러서 대놓고 그렇게 말했단 말입니까?"

"모르고 시작한 검찰 생활도 아닌데요, 뭐."

어깨를 으쓱하는 윤영지.

"제가 어머니 백으로 스타 검사가 된 건 사실이기는 한데, 그래도 양심은 있는 사람이에요. 이참에 아예 노선을 틀려고요."

"설마, 저희 쪽으로요?"

"어차피 찍혔잖아요. 제가 승진할 수 있을 거라 생각하세요?"

"끄응……."

"저도 바보 아니에요. 스타 검사로서의 제 인생은 길어야 2년이나 3년이겠지요."

외모로 그녀를 뽑았으니, 그녀의 외모가 떨어질 때쯤 되면 다른 예쁜 검사를 밀어줄 거라는 건 예상하기 어렵지 않다.

"뭐, 그때쯤 되면 일단 결혼 이야기가 나오기 시작할 테고."

그다음은 뻔하다.

결혼한 스타 검사는 상품성이 없으니 당연히 교체.

"그렇다고 제가 결혼을 안 하고 버텨 봐야 오래는 못 갈 테고요."

"너무 냉철한 거 아닌가요?"

"환상 속에서 살기에는 제가 사는 세계가 너무 차갑네요."

노형진은 입맛만 다셨다. 틀린 말은 아니니까.

돈이 있다고 다 행복한 건 아니고, 또 다 자유로운 것도 아니다.

"차라리 잘된 것 같아요. 이번 기회에 삶을 좀 바꾸는 것도 나쁘지 않죠."

"일단 범인을 잡고요?"

"네, 범인을 잡고요."

고개를 끄덕거린 윤영지는 주머니에서 차 키를 꺼냈다.

"장소를 특정해 놨어요. 다행히 곽주혜의 차를 추적하는 건 어렵지 않더라고요."

"하지만 쉽지도 않았을 텐데요?"

아무리 사방에 CCTV가 있는 시대라고 해도, 없는 곳도 많다.

특히나 외곽으로 나가는 경우에는 CCTV의 숫자가 줄어들 수밖에 없고, 분기점이라도 하나 있으면 추적하는 게 어려워진다.

"요즘 비싼 차에는 좋은 기능이 있거든요, 호호호."

"좋은 기능……? 아하!"

요즘 비싼 차들은 절도에 대비해서 내부에 위치 추적 장치가 달려 있는 경우가 종종 있다.

물론 마음대로 그걸 작동시킬 수는 없다.

하지만 법원의 명령이라고 하면 장치를 작동시키는 건 어려운 일이 아니다.

"그리고 그녀가 전혀 상관없는 곳으로 가는 걸 확인했어요."

윤영지는 눈을 반짝이며 말했다.

"제대로 범인을 한번 잡아 보죠, 호호호."

⚖

"여기라고요?"

"여기라면 진짜 누구도 모르겠네."

위치 추적으로 간 곳은 도로변에 있는 모텔이었다.

흔적을 보아하니 무척이나 오래된 모텔인 듯했다.

망한 듯, 모텔 입구와 자동차가 들어가야 하는 주차장의 입구 모두 쇠사슬로 막혀 있었다.

"확실히 다르네."

그런데 쇠사슬을 고정해 둔 열쇠는 다른 것과 다르게 새것이었다.

만일 계속 쓰지 않았다면 오래되고 녹이 슨 흔적이 남아 있어야 하는데, 자물쇠 자체는 분명 새 물건이었다.

"여기를 아지트로 쓴 모양인데."

쇠사슬을 넘어서 안으로 들어가자 잘 보이지 않는 곳에 차량 세 대가 있었다.

그 번호를 확인한 윤영지는 한숨을 푹 쉬었다.

"세 대 다 대포차예요. 아니, 그렇게 추정되네요."

"타고 다니는 게 한 대라고 가정하면 나머지 두 대는 범죄용인 거군요."

그 말은 범행 계획이 최소 두 건은 더 있을 거라는 의미다.

"위치도 지랄맞고 누가 올 곳도 아니고."

모텔이 없었던 옛날이라면 모를까, 이런 곳까지 모텔을 찾아오는 사람들은 없다.

물론 사람들의 시선을 피해야 하는 불륜 커플이라면 찾아올지도 모르지만, 그런 커플들도 시설이 좋은 곳을 찾아가지 굳이 이런 오래된 곳을 찾아오지는 않는다.

"보아하니 망한 지 10년 이상은 된 것 같은데."

교외로 나오는 불륜 커플들이 많이 줄어들어 수익이 크게 떨어진 데다 이 주변에는 딱히 관광지도 없는 만큼 이곳을 재개장해서 뭔가를 만드는 것은 의미가 없다.

"그렇다고 해서 딱히 무너트릴 이유도 없으니까."

건물을 부수는 것도 돈이 드는 일이라 그냥 방치되는 건물들이 제법 많다.

당연히 뭔가를 감추기에 적합한 장소라 할 수 있다.

"당장 사람을 불러서 여기를 조사하도록 하지요."

윤영지의 말에 노형진은 고개를 흔들었다.

그것도 방법이기는 하다. 하지만……

"그것보다 더 좋은 방법이 있습니다."

"더 좋은 방법이 있다고요?"

"우리가 뇌물을 적당히 '받아 처먹어' 주는 거지요, 후후후."

노형진의 말이 무슨 소리인지 윤영지는 처음에는 몰랐으나 곧 이해하게 되었다.

"의심스러운 건 정황증거뿐 아닙니까?"

"하지만 관련자 중에서 드러난 것은 곽주혜 씨뿐입니다."

"주혜가 드러난 건 사실이지만 벌써 몇 년 전 이야기입니다."

사건을 무마하는 가장 좋은 방법은 뭘까?

재판에서 이기는 것?

아니다. 검사에게 뇌물을 주는 거다.

한국은 기소 독점주의를 유지하고 있다.

이게 무슨 소리냐면, 사람을 죽여도 검사가 기소하지 않으면 그만이라는 거다.

만일 소송까지 가게 되면 기자들이 붙을 수도 있고, 좋든 싫든 구설수에 오를 수밖에 없다. 그리고 그건 가진 사람들에게 있어서는 참으로 창피한 일이다.

"그러니 그냥 없는 걸로 해 주세요. 혐의 없음으로 넘겨주시면 되는 거 아닙니까?"

변호사는 아주 당당하게 말했다.

"말도 안 됩니다."

윤영지는 아무리 노형진의 말이라지만 그래도 그걸 받아줄 수는 없다고 생각했다.

단순 재산 피해도 아니고 사망자가 수십 명이다.

그런데 이걸 덮는다? 그건 말도 안 된다.

"죽은 사람이야 어쩔 수 없는 거 아닙니까? 그 사람들이야 보험회사에서 챙겨 주겠지요."

"아니, 그 사람들이 다 보험을 들었다는 증거도 없지 않습니까? 상식적으로 사망자에게는 그에 맞는 피해 보상이 이루어져야 하는 거 아닌가요?"

"저희가 한 것도 아닌데 저희가 돈을 줄 수는 없지 않습니까?"

그리고 그제야 윤영지는 노형진이 왜 곽주혜 측에서 자신에게 뇌물을 주려고 할 거라고 했는지 알았다.

'배상금이……'

지금 사망자는 서른 명이 훌쩍 넘는다.

한 사람당 5억은 줘야 하는데 그렇게 따지면 150억이다.

그나마도 최소한의 기준이며, 더 줘야 한다는 점을 감안하면 200억은 넘는다는 거다.

곽주혜의 집안이 상당히 잘사는 집이라고 하지만 그걸 배상해 줄 수는 없다.

물론 진짜로 곽주혜가 범인이라면 성인으로서 저지른 죄이니 그들이 배상할 필요는 없지만 말이다.

'그 대신에 합의가 안 이뤄지니 당연히 곽주혜는 사형을 피하지 못하겠지.'

그리고 이런 사건의 경우, 곽주혜의 부모에 대해 소문이 나기 시작하면 그의 집에서 하는 사업은 망할 수밖에 없다.

방화 살인마 집안과 거래하고 싶어 하는 사람은 없을 테니까.

그걸 막기 위한 가장 좋은 방법은 뭘까?

그건 다름 아닌 곽주혜를 무죄로 풀어 주는 것이다.

"미안하지만."

윤영지는 이를 악물었다.

"그렇게는 안 됩니다."

⚖️

"적당히 하지 그러니."

"엄마!"

윤영지는 회사, 아니 검찰의 일을 절대 집안으로 가지고 오지 않았다.

이것이법이다

여성부 차관인 엄마 덕분에 좋은 기회를 잡았다지만 그렇다고 해서 모든 걸 보고할 이유는 없으니까.

그랬기에 엄마가 입을 열었을 때, 그녀는 너무나도 놀랄 수밖에 없었다.

"뭘 적당히 해? 사람이 죽은 거야."

그런 부탁을 한 게 누구인지 아는 건 어렵지 않았다.

당연하게도 이 바닥에서는 이런 청탁이 드물지 않다.

다만 어머니라는 점에서 배신감이 들 뿐이다.

"영지야, 주변에 적 만드는 거 아니야."

"엄마!"

"누차 말했잖니. 사는 세계가 달라. 죽은 사람들이 불쌍하기는 하지만, 그렇다고 해서 너랑 평생 한 번이나 볼 사람이니? 안 죽었으면 존재 자체도 몰랐을 사람들이야. 더군다나 죽은 사람들 중에는 중국 사람도 많다며? 굳이 그런 사람들 때문에 네 인생을 망쳐야겠니?"

윤영지는 입을 꽉 다물었다.

할 말이 없어서?

아니다.

윤영지는 검사를 하면서 많은 사람들을 만나 왔다.

그리고 저런 말을 하는 사람은 절대 말이 안 통한다는 걸 잘 알고 있었다.

"그럴 거라고 하지 않았습니까?"

노형진은 윤영지가 찾아오자 어깨를 으쓱했다.

"제 배경까지도 감안한 건가요?"

"맞습니다. 곽주혜의 배경을 생각하면 압력이 안 들어갈 리가 없으니까요."

"하지만 이건 스타 검사 프로젝트라고요. 이 사건을 해결 못하면……."

"윤 검사님 스스로 말씀하지 않았습니까, 팽당했다고? 그러면 검찰 입장에서는 해결 못해도 그만인 사건입니다."

"그러면 사망자는요?"

"그냥 재수 없는 거지요."

윤영지는 그 말을 부정하고 싶었다.

하지만 부정할 수가 없었다.

압력은 자신에게만 오는 게 아니었다.

"그러면 어쩌라는 거지요? 이대로 사건을 덮으라는 겁니까? 돈을 받으라고요? 그럴 수는 없어요! 제가 거지도 아니고……."

"돈을 받으라는 건 윤영지 검사님이 아닙니다."

"네?"

"제 말은 윤 검사님이 물러나라는 거지요."

노형진은 빙긋 웃으며 말했다.

"윤 검사님은 사건에서 물러나면 됩니다."

"그러면요? 범인은요?"

"오광훈 검사가 잡을 겁니다. 확실하게 말이지요."

윤영지는 입술을 깨물었다.

"윤영지 검사는 이쪽으로 넘어오기로 마음먹은 것 같은데, 그래도 되는 거야?"

"아직 확실한 건 없으니까. 그리고 그녀가 이쪽으로 넘어온다고 해도 이건 적을 만드는 일이야. 아직 힘없는 그녀가 감당하기는 힘들지."

노형진은 주변을 스윽 보며 말했다.

오래된 주차장. 그 안에 감춰진 몇 개의 카메라들.

"윤영지 검사가 물러난 이상 사건은 돈을 받고 무마해 줄 검사에게 넘어갈 거야."

노형진은 그렇게 말하면 마지막으로 설치된 카메라를 바라보았다.

"그리고 그 검사의 입장에서는 가장 강력한 증거를 폐기해야 하지."

물론 직접 그걸 폐기할 수는 없다. 그랬다가는 문제가 심각해지니까.

"그러면 누가 할까?"

"곽주혜의 집에서 보내겠군."

"딩동, 정답."

곽주혜가 가족들에게 사실을 말했을 테니 곽주혜에게 사람이 붙어 있으리라는 것 정도는 그들도 예상할 것이다.

분명 경찰이나 검찰 내부에서도 정보원이 그들에게 정보를 빼돌리고 있을 테니까.

"그리고 이런 오래된 버려진 건물에서 화재가 난다 해도 사실 아무도 신경 쓰지 않을 테니까."

"그래서 이걸 가지고 온 거다?"

오광훈은 피식 웃으며 물었다.

"그래. 아마 그들의 입장에서는 황당하겠지만, 후후후."

"쉿, 조용. 아무도 없지?"

세 사람은 주변을 두리번거리면서 모텔의 주차장으로 향했다.

그곳에 있는 세 대의 차량.

"이걸 태우고 가면 되는 거지?"

"그래. 어차피 다 타면 문제가 될 게 없으니까."

"빨리 불붙이고 튀자. 재수 없게 걸리지 말고."

세 사람은 차량에서 기름통을 꺼내서 기름을 사방에 뿌리기 시작했다.

이내 주차장에는 기름 냄새가 꽉 찼고, 그들은 주차된 차량에서 마치 도화선처럼 길게 기름으로 길을 만들었다.

"빨리 붙여. 해 뜨면 나오는 농부라도 있을지도 모르니까."

"오케이."

그들 중 한 명이 품에서 라이터를 꺼내서 기다란 기름 길에 불을 붙였다.

그리고 그 기름 길을 따라 급속도로 퍼지기 시작하는 불.

"오케이, 됐어! 가자!"

그들이 막 그곳을 나가려고 하는 그때, 갑자기 '드르륵' 소리가 들리더니 '쿵!' 하고 입구가 막혔다.

"뭐…… 뭐야?"

"뭐긴 뭐야, 함정이지."

갑자기 내려진 셔터 너머로 오광훈이 나타나 미소 지었다.

"넌 뭐야!"

"뭐긴 뭐야? 오광훈 검사지."

"검사?"

"그래, 이 새끼들아. 너희들을 현주 건조물 방화 및 방화 살인으로 체포한다."

"뭐라고?"

세 사람은 다급하게 나가려고 입구에 설치된 셔터를 흔들었다.

그사이에도 불은 점점 번지고 있었다.

"빨리! 불 꺼! 빨리!"

"아악!"

"차…… 차! 차에 옮겨붙었어!"

기름을 타고 점점 퍼지는 불길은 그들을 위협하기 시작했다.

하지만 오광훈은 그들에게 셔터를 열어 주지 않았다.

"이 새끼들아, 사람을 죽이고 너희들은 멀쩡할 줄 알았나?"

"무슨 개소리야! 우리는 사람 안 죽였어!"

"그런데 여기에 왜 왔어? 여기 그 관련 증거가 다 있는 거 알거든?"

막 옷을 벗어서 어떻게든 불을 끄려던 남자들의 시선이 가운데에 있는 남자에게 향했다.

"대…… 대장?"

"이거 뭔 소리야?"

"모…… 몰라, 씨발."

"모르기는 개뿔."

오광훈은 피식 웃었다.

"이미 여기가 아지트인 게 밝혀졌는데, 너희가 이곳을 태우러 왔다. 거기에다 기름을 이용한 방화? 수법까지 똑같다면 뻔한 거 아냐? 너희들이 '범인'이라는 거지."

대장이라 불린 남자는 아차 싶었다.

"아니야! 진짜로 아니야!"

"아니긴. 너희 세 명은 전부 사형이야. 무슨 소리인지 알지? 사망자가 서른 명이 넘는 사건이야. 살기는 힘들 거다."

그러자 셔터에 매달려서 다급하게 외치는 사내들.

"아니야! 아니라고! 우리는 돈을 받고 여기만 태우라고 부탁받았단 말이야!"

"진짜예요! 우리는 흥신소를 하는 잡범일 뿐이에요!"

"제발 꺼내 주세요!"

"죄를 불어!"

"진짜예요! 우리는 돈 받고 불 지르라는 부탁을 받았을 뿐입니다!"

불이 점점 커지자 세 사람은 다급하게 매달리며 울부짖었다.

"그걸 어떻게 믿어?"

"진짜입니다. 누가 시켰는지 압니다. 돈도 커피숍에서 받았어요. 며칠 안 되었으니까 거기에 카메라도 있을 거예요! 제발, 꺼내 줘요! 아악, 불이……!"

빠르게 말하던 한 명이 등 뒤에서 느껴지는 열기에 뒤를 돌아보고 비명을 질렀다. 어느 틈엔가 커진 불이 그들을 위협하고 있었다.

"진짜야? 너희가 죽인 거 아냐?"

"저희는 그냥 잡범이라고요! 제발 믿어 주세요. 다 불게요! 다 불 테니까 문 좀 열어 주세요!"

오광훈이 피식 웃더니 뒤쪽으로 신호를 보냈다.

그러자 갑자기 천장에서 엄청난 가루가 쏟아지면서 불이 꺼졌다.

"콜록, 콜록."

"이게 무슨……."

"뭐긴. 너희가 함정에 빠졌다는 거지."

노형진은 이미 그 안에 화재 진압을 위한 분말소화 시스템을 깔아 둔 상태였다.

그리고 주차된 차량들 역시 원래 있던 차량이 아니라 중고차 시장에서 가지고 온 동일한 모델의 차량이었다.

"이미 증거는 다른 곳으로 넘어가 있다, 이 새끼들아."

그렇게 말한 오광훈은 셔터를 열고 세 사람을 끌어냈다.

"자, 우리 자세하게 이야기 좀 해 볼까? 후후후."

⚖️

-놔! 놓으라고! 이 개 같은 새끼들아! 놔! 내가 누군지 알아! 다 죽일 거야! 죽일 거라고!

"지랄을 한다."

오광훈은 국밥을 입에 밀어 넣으며 말했다.

TV 화면에는 끌려 나오는 곽주혜의 모습이 나오고 있었다.

그녀는 고개를 숙인 채 끌려 나오는 부모와 달리 있는 대로 발광하는 중이었다.

"사형은 확정된 거니 저러겠지요."

윤영지는 그렇게 말하면서 돼지국밥을 스윽 밀었다.

"그나저나 이건 진짜 못 먹겠어요."

"어허! 돼지국밥 못 먹으면 스타 검사 못 한다."

이번 사건을 계기로 윤영지는 스타 검사 대열에 합류하기로 했다. 어차피 노형진과 오광훈 측에 서기로 한 것, 제대로 해 보기로 마음먹었기 때문이다.

그런데 희한하게도 갑자기 오광훈이 대뜸 말을 놓기 시작했다. 자기는 대선배니까 말을 놓아도 된다나 뭐라나?

몇 번이나 만났다고 멋대로 말을 놓는 게 어이가 없었지만, 워낙에 마이페이스인 사람이라 윤영지는 일찌감치 포기해 버렸다.

하지만 그가 권한 돼지국밥만은 결코 받아들일 수 없었다.

"아니, 하필이면 왜 돼지국밥이에요? 설렁탕 같은 것도 있잖아요."

"설렁탕은 코렁탕이 생각나서 안 돼. 이게 다 이미지 관리야."

노형진은 피식 웃으며 메뉴판을 건넸다.

사실 돼지국밥은 특유의 냄새 때문에 익숙하지 못한 사람은 먹는 게 힘들기는 하다.

"여기 다른 메뉴도 있으니 먹어 보세요. 설렁탕도 있습니다. 너도 텃세는 좀 그만 부리고."

"쳇, 신입 교육은 내가 해야 하는데."

"웃기고 자빠졌네."

"감사합니다. 그런데 어떻게 아신 거예요?"

"당연한 거 아닙니까? 당장 검사가 바뀌면 일단 증거부터 없애야 하는데."

예상대로 윤영지 다음으로 사건을 담당하게 된 사람은 사건을 무마하려고 했다.

문제는 증거다.

당장 윤영지에게 증거가 발견된 이상 그걸 처분해야 한다.

"그러니 누구든 보낼 거라 생각했죠."

그리고 증거가 거기에 있으니 그걸 태우는 걸 촬영하면, 그 영상을 기반으로 그에게 방화 살인을 뒤집어씌우는 게 노형진의 계획이었다.

"자기가 사형당하고 싶지 않으면 누가 시켰는지 다 불게 될 테고."

실제로도 세 사람은 방화 살인 혐의에서 벗어나기 위해 다급하게 누가 시켰는지 말했고, 결국 곽주혜의 부모가 시켰다는 게 드러났다.

"그쪽을 조사하면 당연히 곽주혜가 나올 테니까."

더군다나 노형진은 아예 그 건물을 통째로 사고 촬영까지

다 해 둔 상태라 벗어날 방법도 없었다.

"차량 안에서 증거도 나왔고 말이지."

이미 그 안에서는 곽주혜의 지문과 유전자까지 다 나왔다.

그래서 그곳을 찾았다고 했을 때 갑자기 그쪽이 다급하게 변한 것이다.

"아마 그 소식을 듣고 곽주혜가 부모에게 도움을 청했을 겁니다."

만일 정상적인 부모라면 곽주혜를 설득해서 자수시켰을 테지만 애석하게도 그들은 정상이 아니었다.

"그리고 이렇게 함으로써 피해자들에게 보상을 청구할 수 있게 되었구요."

"혹시 원래 목적이 그거였어요?"

윤영지는 눈을 가늘게 뜨며 말했다.

혹시나 해서 물어본 거였는데 역시나였다.

"일을 하려면 제대로 해야지요."

"헐."

만일 여기서 곽주혜를 잡거나, 전말을 알게 된 가족들이 곽주혜를 자수시킨다면 상황은 좀 달라진다.

곽주혜를 잡으면 곽주혜가 저지른 범죄의 피해를 복구할 수 없다.

"하지만 그들을 자수시킨다면 어찌 되었건 정의는 지켜지 겠지요."

그들의 가족이 자수시킬 만큼 정상적인 집안이라면 더 이상의 책임을 묻는 것은 봐주려고 했다.

하지만 그들은 그 대신에 불을 질러서 증거를 태우려고 했다.

"그 말은 종범이라는 소리죠."

종범 또는 방조범은 사건을 알면서도 모른 척하거나 그걸 은닉하기 위해 움직이는 자들을 말한다.

다만 이런 경우는 곽주혜의 가족들이기 때문에 형사적 처벌은 면제되기는 하지만.

"그렇지만 민사적 책임까지 사라지는 건 아니죠."

즉, 최소한이기는 하지만 유가족들에게 돈을 청구할 권리가 생긴다는 걸 의미한다.

"진짜 치밀하시네요."

윤영지는 혀를 내둘렀다.

사실 현장에서 조사했다면 곽주혜는 쉽게 잡혔을 것이다.

조사 결과, 그 안에 있는 기름통에서는 그녀의 지문이 나왔고 그녀의 머리카락 역시 차 안에서 나왔으니까.

그리고 차량은 현장에서 운행한 CCTV 기록이 나오기도 했고 말이다.

하지만 노형진은 살짝 정보를 흘림으로써 손해배상까지 받을 수 있게 한 것.

"이게 '우리의 방식'입니다."

노형진은 피식 웃으며 말했다.

개가 아깝다

인간은 개에게 애정을 느낀다.

그리고 개 역시 인간을 애정으로 대한다.

하지만 개만도 못한 놈이라는 말이 나올 만큼 인간은 때로는 비정하다.

그러나 그 비정함도 돈이 되면 애정으로 바뀌는 게 인간이다. 바로 지금처럼 말이다.

"버려진 개를 데려다가 키운 건 좋은데 점유이탈물횡령죄로 고소당했다 이거군요."

"네. 이거 완전히 개새끼입니다. 아니, 개한테는 미안한 말이네요. 하여간 이건 짐승만도 못한 새끼예요."

"테리가 방송에 나와서 유명해지자 개를 다시 데리고 가겠다?"

"맞습니다. 그 새끼는 그게 목적인 거예요."

골든 레트리버 테리의 현 주인인 심상규는 버려진 테리를 발견하고 데려다 키웠다.

그의 말에 따르면 테리는 시골에 버려진 채로 떠돌고 있었고, 그는 우연히 야외촬영을 갔다가 그런 테리를 발견했다.

버려진 테리는 완전히 털이 엉키고 빠져 있는 참혹한 몰골이었다고 한다.

"맨 처음 구조했을 때에는 거의 뼈만 남은 상태였어요. 심장사상충도 있었고."

다행히 초기여서 사상충은 잡을 수 있었지만 테리의 치료에는 거의 1년이 걸렸다.

"제가 진짜 스튜디오를 하면서 얼마나 많이 고생했는데……."

심상규는 카메라 스튜디오에서 테리를 키웠고, 건강해진 테리는 아름다운 황금빛 털을 자랑하는 골든 레트리버로 바뀌었다.

"그러다가 제가 테리의 재능을 알아본 거죠. 우연이었지만."

테리의 재능, 그건 바로 촬영이었다.

처음에는 개인적 목적으로 촬영을 시작했던 것이다. 그런데 잠깐 낯설어하던 테리는 쉽게 적응했고, 그 덕분에 인터넷상에서도 제법 유명한 개가 되었다.

그러다 얼마 전 영화에도 출연하면서 전국적으로 유명한 개가 되었다.

"그런데 테리의 주인이라는 작자가 나타난 거예요."

그리고 잃어버린 개를 심상규가 훔쳐 갔다면서 고소한 것.

"흠, 분명 그럴 가능성도 있습니다."

노형진은 섣불리 속단하지 않았다. 가능성이란 언제든 열려 있으니까.

"현장에서 버려진 테리의 모습을 봤다면 그런 생각은 못 하실 겁니다."

"테리를, 아니 그쪽에서는 골디라고 불렀다고 했지요? 하여간 그쪽에서 잃어버린 지 오래되었다면 장시간 관리를 받지 못했을 테니 그럴 수도 있지요."

개가 먹지 못하고 관리도 못 받고 산야를 떠돌다 보면 살이 빠지고 털이 더러워지고 심장사상충에 감염되는 것은 흔한 일이다.

그러나 그게 원주인이 개를 버렸다는 증거는 되지 못한다.

개가 집을 나가는 경우도 많기 때문이다.

"도대체 누구 편입니까?"

발끈하는 심상규. 노형진은 그런 그를 진정시켰다.

"너무 발끈하지 마세요. 저는 의뢰인을 위해 최선을 다하는 겁니다. 만일의 사태에 대비해야 하니까요."

"끄응……."

"일단 그쪽은 테리, 아니 골디의 소유권을 주장한다 이거군요."

"맞아요. 이게 말이나 됩니까? 테리를 살린 건 납니다. 그런데 이제 와서 테리를 내놓으라니!"

"흠……."

이런 경우 엄밀하게 말하면 개의 소유권은 전 주인에게 있다.

개는 물건이고, 점유이탈물은 소유권을 포기한 게 아니기 때문이다.

'하지만 살아 있는 물건이라는 부분이 문제가 된단 말이지.'

개를 버렸는지 아니면 개가 길을 잃어버린 건지 알 방법이 없다는 게 가장 큰 문제다.

버렸다는 걸 증명할 수 있다면 문제가 없지만, 시골에 버렸다면 그걸 증명할 CCTV 같은 건 존재하지 않을 테니까.

"그 고소장 좀 주시겠습니까?"

노형진은 고소장을 받아 인터넷 지도에서 주소를 확인했다. 그리고 입맛을 다셨다.

"확실히 골든 레트리버를 키우기에는 좋아 보이네요."

제법 넓은 마당이 있는 것으로 보이는 집이 항공사진으로 게시되어 있었다.

물론 위치만 확인할 수 있는 정도이지만 말이다.

"하지만 잃어버렸다는 말에는 신빙성이 없어 보이기도 하고요."

아무리 그래도 이동 거리라는 게 있다.

그런데 이들이 사는 집은 양평인데 테리가 발견된 곳은 양주다.

대략적으로 거리가 64킬로미터인데, 아무리 골든 레트리버가 운동량이 많은 종이라지만 그 정도 거리를 이동하지는 않는다.

개들도 감정이 있으니 낯선 곳에서는 불안감을 느끼기 때문이다.

개들은 만일 주인을 잃어버리면 그 주변을 배회하면서 주인을 찾는 습성이 있다.

"맞아요. 저도 테리를 보자마자 바로 데리고 온 게 아니었다니까요."

그는 촬영을 갔다가 우연히 테리를 발견했는데, 그래도 혹시 주인이 있을지 몰라서 그냥 뒀다고 한다.

아무리 상태가 안 좋다고 해도 관리는 주인의 영역이니까.

하지만 일주일 정도 후에 다시 촬영하러 갔을 때 여전히 그곳에 그대로 있는 테리를 보고 혹시나 싶어 주변에서 주인을 찾아봤고, 그 결과 주인이 없다는 것이 확인되자 데리고 왔다고 한다.

"그러면 얼마나 거기에 있었는지 모르고요?"

"주변 사람들 말로는 못해도 5개월은 되었다고 하더군요."

"주변 사람들?"

"골든 레트리버가 워낙 순둥이잖아요."

그래서 지역 사람들이 그나마 가끔 사료도 줘서 죽지 않고 살았던 거라고 한다.

"하지만 다들 키우는 건 꺼리더라고요."

"하긴, 대형종을 키우는 게 쉽지는 않지요."

대형종은 기본적으로 힘이 좋다.

아무리 골든 레트리버가 성격이 좋다지만 그래도 사람이 부둥켜서 놀아 주려면 힘 차이가 나는 걸 느낄 수밖에 없다.

'결정적으로 워낙 많이 먹어야 말이지.'

많이 먹고 많이 싼다. 그건 당연한 거다.

그래서 골든 레트리버는 생각보다 유기되는 경우가 많다.

처음에는 보기 좋다고, 성격 좋다고 쉽게들 키우지만, 키우다 보면 어마어마하게 먹고 또 어마어마하게 싸는 걸 보게 되니까.

거의 인간 이상으로 먹고 그 이상으로 싸다 보니 그걸 치우는 데 질려 버리는 게 현실이다.

그리고 골든 레트리버는 털이 엄청 빠지는 종이다.

그렇다 보니 키우기 시작하면 털 관리는 필수다.

털이 얼마나 빠지냐면, 털갈이할 때쯤 빗질해 주면 그 털로만 골든 레트리버 모양 하나 만들 만큼 된다.

"테리가 지금 몇 살이라고 했지요?"

"네? 테리 나이요?"

"네."

"그게 중요한가요?"

"중요하지요. 대충 각이 나오거든요."

"일단 현재 두 살 좀 넘었다고 그러더군요. 저랑 만났을 때가 한 살 좀 안 되었을 때라고……."

"그래요?"

노형진은 한숨을 푹 쉬었다.

대충 상황이 나온 것이다.

"버린 게 거의 확실해 보이기는 하네요."

골든 레트리버의 별명은 천사견이다. 어지간하면 화도 내지 않고 또 어지간하면 인내하며 낯선 아이에게도 온순하고 공격성도 적기 때문이다.

하지만 사람들이 잘 모르는 게 있는데, 그런 골든 레트리버도 태어날 때부터 그런 건 아니라는 거다.

인간이 사춘기 때 문제를 일으키는 것처럼 골든 레트리버는 대략 두 살이 될 때까지는 인간의 사춘기와 비슷하다. 사방을 다니면서 말썽을 일으키고 문제를 만든다. 호기심도 많아서, 온갖 물건을 다 물어뜯는다.

"그걸 모르고 많은 사람들이 키우기 시작하지요."

하지만 골든 레트리버가 차분한 성격을 가지게 되는 건 보통 2년이 지난 후다. 그 전에는 진짜 악마견도 이런 악마견이 없다.

속칭 악마견이라고 불리는 치와와 같은 건 그래도 체구라도 작고 힘이라도 약하지, 골든 레트리버는 인간의 힘을 가

볍게 뛰어넘는 힘을 가지고 있는 데다가 어릴 때는 호기심도 엄청 강하다.

사람을 공격하는 공격성은 없지만 궁금하면 일단 입에 넣어 보는 아이들처럼 일단 호기심이 생기면 닥치는 대로 씹어본다.

"그래서 마의 2년이라고 부릅니다. 그리고 그때를 사람들은 모르죠."

그래서 그때 많이 버려지는 것이 바로 골든 레트리버.

저때는 입질이라고 해서 물기도 많이 무는데, 골든 레트리버는 생각보다 전투력이 강한 종이다. 같은 사이즈의 대형 견종 사이에서도 전투력을 따지면 상위에 가까운 놈들이고, 어려서 훈련이 안 된 놈들은 입질을 할 때 적당히라는 걸 모른다.

그러니 사람 입장에서는 엄청나게 강하게 무는 거고, 골든 레트리버의 치악력은 어지간한 뼈는 씹어 먹을 정도라 위험하기도 하다.

"그래서 많이 버릴 겁니다. 대충 테리의 나이를 보니 딱 그 시기에 버려진 것 같네요."

온 집 안을 물어뜯고 사람도 물고 호기심에 사방에서 날뛰고.

"애들 태우고 다니면서 봐주는 꿈같은 장면은 턱도 없죠."

문제는 그걸 원하면서 키우기 시작하는 놈들이 많다는 거다.

"그러니까 그놈들은 그걸 원해서 키운 건데 그게 안 되니까 버렸다 이 말씀입니까?"

"네, 아마 그럴 겁니다."

먹는 거야, 대형종이라는 것만 생각해도 먹는 양 감안하는 건 어렵지 않으니까.

"그리고 아무리 많이 먹는다고 해도 개들이 먹는 사료는 그다지 비싸지는 않거든요."

대형종의 사료는 20킬로그램짜리 한 포대에 5만 원선인데, 골든 레트리버는 그걸 한 달에 두 개 정도 먹는다.

"고작 10만 원이 없어서 버렸다고 보기는 힘들죠. 애초에 골든 레트리버 자체가 상당히 가격이 나가는 품종이니까요."

노형진은 자신의 테이블에서 고소장을 넘기며 말했다.

보아하니 고소장은 다른 변호사가 써 준 것 같았다. 문체나 사용된 문구들을 보면 전문가의 솜씨다.

일반적으로 형사 고소를 하는데 변호사를 따로 선임하는 경우는 드물다.

"좀 사는 집이네요."

특별한 내용이 없기에 그는 그걸 덮으며 말했다.

내용은 너무 뻔했다.

점유이탈물횡령죄로 고소했고 처벌을 원한다는 말이었다.

"아마도 이놈들은 테리를 장신구쯤으로 샀을 겁니다."

"장신구요?"

"넓은 집에 살면서 골든 레트리버를 데리고 산책하는 거.

어디 영화나 광고 같은 데서 한 번쯤은 봤을 법한 모습 아닙니까?"

성공했다는 일종의 증거 같은 거다.

"그런데 키우기 시작해 보니 이게 아니거든요."

입질한다고 물지, 물건도 물어뜯어서 망가뜨리지, 사방에서 문제를 일으키지, 심지어 똥은 똥대로 많이 싸지.

"아무리 훈련받아서 정해진 곳에서 싼다 해도 그걸 매일같이 치우는 건 곤욕스러운 일이거든요."

자기가 싼 똥도 더럽다고 느끼는 게 인간이다.

그런데 골든 레트리버는 인간 이상으로 먹고 싼다.

개가 변 봉투를 들고 다니면서 자기 똥을 치울 리 없으니 하나부터 열까지 전부 인간이 해야 한다.

"그런데 그게 기분 좋겠습니까?"

그저 장식품으로 산 개인데 자기가 똥까지 치워 줘야 하니 짜증이 치밀어 오르는 게 현실이다.

"더군다나 처음 만났을 때의 테리는 전혀 훈련되어 있지 않았다면서요?"

"네, 그렇더라고요. 배변 훈련하는 데 시간이 좀 걸렸습니다."

"그러면 온 방 안에 똥 싸고 다녔을 겁니다."

그나마 작은 새끼일 적에는 괜찮은데 조금만 크면 그 양이 무지막지하게 늘어난다.

"그러니 버렸을 테고요."

"그런데 왜 지금에 와서 이런 말도 안 되는 짓거리를 하는 겁니까? 버렸으면 끝 아닙니까?"

"테리가 유명해졌으니까요."

단순히 사진이 잘 찍혀서 인터넷에서 유명해진 게 아니다.

영화에 출연하고 인기가 많아지면서 캐릭터 상품까지 나와서 팔리고 있다.

"그게 돈 좀 되지 않습니까?"

"그건 그런데…… 설마……?"

테리의 상품은 여러 개가 있다.

그리고 모든 것에는 로열티가 있기 마련이다.

"1년에 한 1억쯤 벌지 않으십니까?"

"정확하게는 1억 2천쯤 법니다만."

"개 한 마리가 벌어 오는 돈치고는 어마어마한 거죠."

"이런 개 같은…… 아니, 개만도 못하네요."

버렸던 개가 어느 날 스타가 되어 나타났다.

막대한 돈을 벌어다 준다.

개에게는 기껏해야 비싼 애견 간식이나 사 주면 되는 것인만큼 수익의 대부분은 당연히 주인이 가지게 된다.

"아, 씨발. 이런 씹."

심상규는 이를 박박 갈았다.

"문제는 일단 저들 말대로 점유이탈물횡령은 맞다는 거거든요. 증거가 없으니까요."

버렸다는 증거를 찾아야 하는데 그게 없다.

"그러면 저 새끼들한테 테리를 그냥 빼앗겨야 합니까?"

"아니, 그건 아니고요. 일단 테리가 그 인간들과 만난 적 있습니까?"

"있죠. 그런데 좋다고 꼬리를 흔들더군요."

"즉, 테리는 그 인간들에게 나쁜 감정이 없다고 볼 수 있겠네요."

사실 당연하다면 당연한 일이다.

테리는 골든 레트리버. 인내와 평화의 견종이다.

진짜 매일같이 두들겨 팬 것이 아니라면, 전 주인을 만나도 좋다고 꼬리를 흔들지 이를 드러내며 으르렁거리지는 않을 것이다.

"어떻게, 방법이 없겠습니까? 그런 미친 새끼들한테 테리를 보낼 수는 없습니다."

노형진은 고개를 끄덕거렸다.

"걱정하지 마십시오. 절대 빼앗아 가지 못하게 할 테니까요."

동물은 자신을 사랑해 주는 사람의 옆에 있는 게 제일 행복한 법이다.

그리고 그들은 테리를 사랑하지 않는다고, 노형진은 확신하고 있었다.

모든 형사사건이 다 재판까지 하는 것은 아니다.

물론 재판 자체는 한다.

하지만 죄질이 경미하고 현실적으로 그 처벌이 미약하며 변호사를 사기에는 수지가 맞지 않는 사건, 즉 미약한 벌금이 나오는 사건 같은 경우는 즉결심판이라는 약식화된 재판을 하게 된다.

검사가 벌금을 청구하고 즉결심판에서 벌금을 인정하면 그걸 내면 끝이다.

처벌 자체가 약하기 때문에 변호사를 사 가면서 싸울 이유가 없으니까.

가령 벌금이 150만 원인데 변호사비가 300만 원이라면, 어지간한 경우는 그냥 벌금 150만 원을 내고 끝낸다.

바로 지금처럼 말이다.

하지만 이번 사건은 그렇게 할 수가 없는 게, 벌금을 내면 점유이탈물횡령이 인정되는데 이런 경우에 민사를 통해 테리의 소유권이 넘어가기 때문이다.

그리고 현행법상 이러한 즉결심판의 경우는 당사자에게 정식재판 청구권이 인정된다.

노형진은 당연히 그 사건에 대해 정식재판을 청구했다.

'멍청한 검사 때문에 이게 뭔 짓인지.'

노형진은 툴툴거리면서 재판정으로 나갔다.

심상규에게 청구된 벌금은 200만 원. 하지만 검사가 조금만 생각이 있었어도 이건 성립될 재판이 아니었다.

"피고인 측 변호인, 질문하세요."

노형진은 앞으로 나가서 검사를 바라보며 물었다.

"검찰 측은 이 사건에 대해 피고인 심상규가 점유이탈물횡령죄를 저질러 테리를 데려갔다고 주장하고 있습니다만."

"테리가 아니라 골디입니다."

"저희 쪽은 테리입니다."

"원래 주인이 따로 있습니다."

"그건 부정확한 사실이죠. 좋습니다. 그러면 골든 레트리버로 하죠. 그 골든 레트리버가 고소인 측의 개라는 명확한 증거가 있습니까?"

"고소인 측은 해당 개의 사진을 가지고 있었고 그걸 기준으로 판단한 겁니다."

"그래요?"

노형진은 머리를 긁적거렸다.

'이 새끼 진짜 일하기 싫었네.'

만일 조금이라도 생각이 있었다면 이런 판단은 안 했어야 정상이다.

사건이 넘어오는 대로 대충 도장을 찍은 게 분명했다.

"검사 측, 이 진술에 따르면 골든 레트리버는 1년 반 전에 잃어버린 걸로 되어 있네요. 그렇죠?"

"맞습니다."

"잃어버린 장소는 경기도 양평이고요."

"그렇습니다."

"검사 측, 골든 레트리버가 아무리 운동량이 좋다고 하지만 상식적으로 64킬로미터를 이동해서 양주까지 가는 것이 가능하다고 생각합니까?"

"대형 견종은 그 이동 거리를 충분히 생각할 수 있습니다."

"그래요?"

노형진은 피식 웃었다.

물론 대형 견종이라면 가능하기는 하다.

실제로 가끔 대형 견종이 주인을 찾아서 수백 킬로미터를 이동하기도 하니까.

"그런데 말입니다."

노형진은 검사를 바라보면서 말했다.

"당시 골든 레트리버의 나이가 대략 8개월입니다."

"그래서요?"

"개 나이가 8개월이라고 하면, 인간으로 치면 기껏해야 다섯 살? 여섯 살? 그 정도 될 겁니다. 그 나이에 그 정도 거리를 이동한다? 그것도 주인을 찾아서도 아니고?"

"크흠…… 주인을 찾지 않았기 때문에 이동이 가능한 겁니다. 그냥 랜덤으로 이동한 것일 가능성이 높습니다."

검사는 헛기침을 하면서 방어했다.

물론 그것도 가능하기는 하다.

"그건 가능성일 뿐이지요. 일반적으로는 생각도 안 합니다. 양평에서 잃어버렸는데 양주에서 발견되었다? 그러면 보통은 자기 개가 아니라고 생각할 겁니다."

누구나 그럴 것이다.

10킬로미터, 20킬로미터도 아니고 무려 64킬로미터다.

"물론 양주에서 버렸다면! 이야기가 달라지겠지요."

집으로 찾아오지 못하게 하기 위해 양주에서 버렸다면 장소가 특정되어 있으니 자기 개라고 주장하기 쉽다.

"특히나 해당 골든 레트리버는 방송에 몇 번 출연한 견종입니다. 그리고 피고인이 양주에서 발견했다고 이야기했지요."

"그건 그렇습니다만."

"그러면 그 양주에서 발견했다는 것을 가지고 특정했다는 것 자체가, 해당 견종을 양주에 버렸다는 증거 아닙니까?"

"아까도 말했지만 이동의 가능성은 무시할 수 없습니다."

"양주까지 와서 몇 달 동안 이동하지 않고 거기에 눌러앉는다고요?"

"방송에 따르면 해당 지역의 주민들이 먹을 걸 줬다고 했습니다. 그러니 그 먹이 때문에 거기에 눌러앉았다고 볼 수 있습니다."

이것이법이다

"아, 그래요."

노형진은 고개를 끄덕거렸다.

분명 가능성은 있다. 하지만 여전히 의문점은 남는다.

"그러면 고소인 측은 어떻게 해당 골든 레트리버가 자신들이 잃어버린 개라는 걸 알았다는 겁니까?"

"한눈에 알아봤다고 하더군요."

"한눈에 알아봤다고요?"

노형진은 판사를 바라보며 말했다.

"재판장님, 을제 4호부터 6호를 봐 주시기 바랍니다. 해당 증거는 해당 견종의 성장을 사진으로 찍은 것입니다."

노형진이 내놓은 것은 골든 레트리버의 성장 사진이었다.

노형진이 여기저기 수소문해서 구한 사진으로, 다행히 애견인들은 강아지를 데리고 와서 자주 사진을 찍기 때문에 그 사진을 구하는 건 어렵지 않았다.

"보다시피 해당 견종인 골든 레트리버의 경우는 원숭이 시기라는 게 있습니다."

원숭이 시기란 일부 견종에서 나타나는 증상이다.

보통은 장모종에서 많이 나타나는데, 쉽게 생각해서 배냇털이라고 하는 어린 시절의 털이 한꺼번에 빠지고 새로운 털이 나는 시기에 얼굴이 원숭이 얼굴처럼 텅 비어 보인다고 해서 그렇게 부른다.

"그리고 이 시기를 지나면 골든 레트리버는 골격이 변하면서 우리가 아는 그 모습이 됩니다."

노형진은 그렇게 말하면서 사진 한 장을 꺼내 들었다.

"그런데 검찰 측에서 제시한 사진을 보면 골든 레트리버의
모습이 거의 성견에 가까운 모습을 보이고 있습니다."

노형진은 그렇게 말하면서 증거로 제출한 사진을 들어서
비교하며 판사에게 보여 줬다.

"제가 입수한 사진에 따르면 이 시기의 골든 레트리버는
얼굴 살이 많이 빠지면서 동글동글했던 모습이 줄어들고 전
혀 다른 모습으로 골격이 변하기 시작합니다. 당연히 털이
많이 빠지기 때문에 성견과는 전혀 상관없는 모습이 되지요.
이것처럼 말입니다."

노형진이 내놓은 사진에 있는 골든 레트리버는 얼굴이 길
어지기는 했지만 여전히 동글동글한 느낌이 있었고 털이 새
로 자라나서 아직 다 크지 않은 느낌이 확연했다.

"검찰 측에서 제출한 고소인의 사진은, 수의사에게 질의
한 결과 대략 한 살 정도의 성견이라고 했습니다."

개에게 있어서, 특히 어린 개에게 있어서 4개월의 차이는
어마어마하다.

그사이면 완전히 골격이 바뀌고 털도 바뀌면서 진짜 골든
레트리버의 모습이 나오기 시작하는 것이다.

"고소인 측은 해당 골든 레트리버를 생후 8개월경 잃어버렸
다고 했습니다. 그런데 어떻게 1년 정도 된 사진이 있을까요?"

"음?"

검사가 당황하는 걸 보면서 노형진은 한숨을 쉬었다.

'이 새끼야, 제발 생각 좀 해라.'

어려운 문제가 아니다.

그냥 동네 수의사한테 사진을 보여 주면서 '이거 언제 사진입니까?' 하고 한마디만 물어봤으면 다 해결되었을 문제였다.

그런데 그마저도 안 한 것이다.

"그리고 고소인 측은 한눈에 알아봤다고 했는데, 아까도 말씀드렸지만 생후 8개월부터 1년 사이에 골든 레트리버의 골격은 완전히 바뀌어 버립니다. 한눈에 알아볼 수 있는 게 아니라는 거죠."

사람은 익숙한 것에만 구분이 가능하다.

당장 한국인은 흑인을 구별하기 힘들어하는 게 사실이다.

하물며 같은 인간도 피부가 다르면 그 지경인데, 골격이 바뀌는 골든 레트리버를 알아본다?

그건 진짜 말도 안 되는 소리다.

"하지만 해당 골든 레트리버는 주인을 알아보고 반가워했습니다."

"그래요? 그러면 간단한 실험 하나만 해 보겠습니다. 검사님, 여기 바깥으로 나와 주십시오."

검사는 눈을 찌푸리면서 바깥으로 나왔다.

그리고 노형진은 바깥으로 손짓했다.

그러자 안으로 들어오는 한 마리의 개.

"테리야, 이리 와."

헥헥헥.

노형진이 손을 내밀자 다가와서 친한 척하는 테리.

노형진은 그런 테리의 얼굴을 문질러 주다가 검사를 바라
보았다.

"검사님, 손을 내밀어 주시겠어요?"

"손을요?"

"네. 손을 내밀어 주시기만 하면 됩니다."

떨떠름하게 테리에게 손을 내미는 검사.

그러자 테리는 검사에게 다가가서 꼬리를 치면서 빙글빙
글 돌았다.

"검사님, 혹시 테리를 전에 보신 적이 있나요?"

"아닙니다."

"그러면 테리가 좋아할 만한 개 껌이나 간식을 가지고 계
십니까?"

"아닙니다만……."

"그러면 테리의 전 주인이십니까?"

"크흠…… 아닙니다."

노형진의 질문에 허가 찔린 검사는 불편한 기색을 감추지
못했다.

"네, 셋 다 아닙니다. 인간과 친밀하게 지내는 것은 골든

레트리버의 특징입니다. 특히 테리는 그 친밀성이 무척이나 뛰어나지요. 그래서 어지간한 사람이 자신에게 우호적으로 나오면 무조건 다가가서 꼬리를 흔듭니다. 그러면 그 사람이 주인입니까?"

그럴 리가 없다.

사실 대부분의 골든 레트리버의 특징인지라 친하게 지낸다는 것만으로는 그 사람이 전 주인이라고 확정 지을 수 없다.

"개는 사회화가 잘되어 있을수록 인간에게 우호적입니다. 그리고 피고인인 심상규 씨가 가장 신경 쓴 것이 바로 테리의 사회화입니다. 아실 테지만 테리는 여러 번 방송에 나가고 또 영화에도 출연했습니다. 수십 명에서 수백 명이 왔다갔다 하는 영화 촬영장에서 사회화되어 있지 않은 개의 촬영이 가능할 거라고 생각하십니까?"

그건 절대로 불가능하다. 일단 낯선 사람에게 이를 드러낼 테고, 특히 카메라 같은 낯선 물건에 무조건 적대할 테니까.

'테리의 재능이 바로 그거지.'

낯선 곳에 간다고 해도 딱히 적대감을 가지지는 않는다. 그리고 지능이 높아서 천연덕스럽게 연기한다.

그런 재능을 가진 개는 많지 않다.

애초에 연기라는 것은 결국 사람 말을 잘 알아들어야 가능한 것이라서 멍청한 개에게는 불가능한 행동이다.

연기는 '빵야'나 '앉아'같이 반복 숙달로 할 수 있는 영역이 아니니까.

"사회화가 잘되지 못했다는 건 개를 도살해야 할 정도로 위험한 행동입니다. 그런데 사회화가 잘되었다고 남이 자기 개라고 주장하면 어쩌라는 겁니까?"

"그건······."

검사는 말문이 막힌 듯했다.

'보아하니 개를 한 번도 안 키워 본 사람이군.'

만일 개를 한 번이라도 키워 본 사람이라면 이런 기본적인 부분에 대해서는 다 알았을 것이다.

"하지만 고소인들은 해당 견을 키우기 위해 지출한 모든 비용에 관련된 영수증을 제출했습니다."

개를 구입한 비용, 그리고 개를 보호하기 위해 놔야 했던 수많은 예방접종 비용 등, 개를 키우는 데에는 생각보다 많은 돈이 들어간다.

하지만 그 영수증이 효과를 발휘하는 건 아니었다.

"그 영수증은 그 집에서 골든 레트리버를 키웠다는 증거는 될지언정 그 골디가 테리라는 증거는 되지 않습니다."

사실 정상적인 사람이라면 강아지를 데리고 왔을 때 예방 접종을 하는 것은 너무나 당연한 일이니 그건 그저 개의 존재만을 증명할 뿐이다.

"해당 개가 그 개라는 간단한 증명을 하려면 당연히 유전학적 검사 같은 걸 해야 하지 않겠습니까?"

이것이 법이다

하지만 그게 가능할까?

당연히 불가능하다. 1년도 더 전에 키웠던 개의 유전자가 아직까지 남아 있을 리가 없으니까.

자기가 귀찮아서 버렸던 개의 유전적 정보가 담겨 있는 털이나 혈액 같은 걸 남겨 둘 이유도 없고, 동물 병원에서도 기본적으로 혈액을 보관하지는 않는다.

검사를 통해 항체 내역이나 병의 내역은 조사하지만 유전자 검사는 전혀 다른 문제다.

"결과적으로 고소인들이 주장하는 점유이탈물횡령죄라는 것은 그 개가 테리라는 어떠한 증거도 없는 상황에서의 일방적인 주장일 뿐입니다."

만일 여기서 진짜라고 주장하려면 전 주인이 테리를 양주에 버렸다는 걸 인정해야 한다.

그러면 양주에서 발견된 테리의 존재가 인정되기는 한다.

'하지만 버렸다는 걸 인정하는 순간 소유권은 박탈되지.'

소유권을 버린 상황에서는 당연히 점유이탈물횡령죄가 인정되지 않으니 테리는 자연스럽게 심상규의 개가 된다.

'멍청한 검사 놈.'

안 봐도 뻔하다.

대충 전 주인의 의견만 듣고 적당히 실적을 올리기 좋을 거라 생각해서 벌금을 때렸을 것이다.

그러니 그 뒤에 있는, 수억에 달하는 테리와 관련된 비즈

니스에 대해서는 모르고 있을 가능성이 높다.

"이상입니다."

노형진이 변론을 마치고 물러났을 때 검사는 아무런 말도 하지 못했다.

"이건 진짜 예상 이상인데?"

그러나 검사는 소송을 포기하지 않았다.

정확하게 말하면 전 주인이 소송을 포기하지 않았다.

"도대체 이건 뭡니까?"

다급하게 노형진을 찾아온 심상규는 잔뜩 흥분해서 서류를 흔들어 댔다.

지난번 재판에서 검찰이 아무런 말도 하지 못하는 걸 보고 이겼다고 생각했다. 그런데 저쪽에서는 생각지도 못한 증거를 내밀었다.

"유전자 검사 결과입니다. 아무래도 우리가 모르는 사이에 테리 털을 하나 뽑아 간 것 같은데……."

"아니, 그게 가능합니까?"

"가능하죠. 자연스럽게 빠지는 털이 워낙 많은 견종이다 보니."

노형진은 그렇게 말하면서 유전자 검사 결과를 살펴보고

헛웃음을 지었다.

"저는 그 사람들이 테리를 어디 애견 가게에서 샀을 거라 생각했는데 그건 아닌가 보네요."

그들이 내놓은 증거는 다름 아닌 테리와 관련된, 정확하게는 테리의 엄마와의 유전자 비교 결과였다.

테리는 일반 가정에서 분양되었는데, 그곳에서 채취한 모견의 유전자와 비교한 결과 테리가 그 자식이 맞다는 것이다.

"와, 이건 진짜 생각도 못 한 방어인데?"

그럴 수밖에 없는 게, 한국에서의 애견 거래는 90% 이상 애견 숍이라고 하는 동물 가게에서 이루어지기 때문이다.

그러니 어머니를 찾을 수가 없는 게 당연하다.

대부분의 애견 숍은 그게 불가능하니까.

"개별 거래를 했을 줄은 몰랐는데."

그러면 당연히 유전자가 맞고 거래 내역과 진술이 있으니 그 개의 소유권을 주장할 수 있다.

"그러면 테리는 어떻게 됩니까? 진짜로 빼앗기는 겁니까?"

유전자 검사와 함께 들어온 것은 다름 아닌 민사.

즉, 어떻게 해서든 테리를 빼앗아 가겠다는 뜻이다.

"그들의 입장에서는 수억의 돈이 들어올 기회니까요."

그러니 어떻게 해서든 빼앗고 싶을 것이다.

"일단 테리가 그들의 개가 아니라는 주장은 불가능할 것 같네요."

노형진은 아무래도 방어의 전략을 바꿔야 할 것 같다는 생각을 했다.

　　"그러면 방법을 바꿉시다, 그들이 테리를 버렸다는 것을 어떻게 해서든 증명하는 쪽으로."

　　"하지만 그게 가능하겠습니까?"

　　차에 태워 가서 버리고 그대로 집으로 돌아갔다.

　　그러니 어떠한 증명도 할 수가 없는 게 사실이다.

　　결국 테리를 빼앗길 수밖에 없을 거라 생각하는지, 심상규는 우울한 눈빛을 하고 있었다.

　　"그걸 찾아내는 게 변호사의 능력이니까 너무 걱정하지 마세요, 후후후."

　　노형진은 자신 있게 말했다.

주인은 누구?

　노형진이 가장 먼저 한 행동은 다름 아닌 전 주인을 고발
하는 것이었다.

　대한민국에서는 애완동물의 등록이 의무화되어 있다.

　시골에서는 그냥 무시하는 경우가 많고 또 딱히 단속을 하
는 것도 아니지만, 어찌 되었건 법에 의해 애견을 등록해야
하며 어길 시 100만 원의 벌금을 내도록 되어 있다.

　조건은 연령 3개월 이상의 애완동물.

　"그러니까 8개월 때 잃어버렸다면 당연히 애완동물을 등
록했어야 한다는 거죠."

　노형진은 고소장을 내고 오면서 말했다.

　심상규는 이해가 되지 않는다는 표정이었다.

"이게 중요한가요?"

"중요합니다. 저쪽은 두 가지 반응 중 하나를 보일 테니까요."

이미 노형진과 심상규가 고소한 걸 아니까 분명 개가 없었다는 소리는 못 한다.

"결국 벌금을 내겠지요. 뭐, 소소한 복수입니다만."

안 낼 수는 없다.

그걸 내지 않으려면 개의 존재 자체를 부정해야 하는데, 개의 존재를 부인하는 순간 재판에서 질 수밖에 없으니까.

"만일 그 돈이 아까워서 부인해 버린다면 우리는 땡잡는 거고요."

"소소한 복수라……. 그러면 다른 해결 방법이 있다는 건가요?"

"그렇습니다. 그건 특허입니다."

"특허?"

심상규는 고개를 갸웃했다.

"정확하게는 상표등록이라고 표현하는 게 맞겠네요."

"그게 무슨……?"

"말 그대로 지금부터 테리에 대한 상표등록을 한다는 겁니다."

"이해가 안 되는데요. 상표를 등록한다고 테리를 못 빼앗아 가는 건 아니지 않습니까?"

"대신에 그들이 테리를 데리고 뭔가를 하는 건 원천적으로 막을 수 있지요."

테리는 애완동물로, 법적으로는 물건으로 취급되고 있다.

그리고 현행법상 물건은 어떠한 권리도 가질 수가 없다.

물론 동물 보호법에 따라 최소한의 보호조치가 적용되기는 하지만 권리 행사를 할 수 있는 방법은 없다.

권리란 전적으로 인간의 권한이다.

"지금까지 테리는 제대로 된 상표등록을 하지 않았습니다. 이미 확인해 봤습니다."

테리가 유명해진 계기는 모 애견 프로에 모델 애견으로 출연했기 때문이다.

처음에는 사진을, 그다음에는 동영상을 찍어도 심상규가 원하는 피사체가 되어 주는 테리의 모습이 방송에 나가며 유명해졌고, 그 연기력을 본 감독의 영화에 캐스팅되었으며, 그 영화가 대박이 나면서 테리라는 캐릭터가 태어났다.

"엄밀하게 말하면 테리라는 캐릭터는 존재하지만 존재하지 않는 거죠."

그 캐릭터에 따라 모델이 되고 상표권을 받고 있지만 정작 테리라는 존재가 정식 상표로 등록된 적은 없다.

"즉, 그동안 주인으로서만 행사하던 권한이었던 겁니다. 하지만 정식으로 기업을 만들고 그 상표권을 등록하면 상황은 좀 달라집니다."

"달라진다고요?"

"그렇습니다."

만일 상표를 등록하게 되면 그때부터는 애매한 소유권의 문제가 아니라 테리라는 캐릭터에 대한 이미지와 권한의 문제가 된다.

"하지만 저쪽에서는 그걸 노리고 테리를 데려가려는 거 아닙니까?"

"이게 참 웃긴 건데 말입니다."

테리는 테리다. 하지만 저쪽에서 주장하는 것은 테리가 아니라 골디라는 이름의 개다.

물론 동일한 개이기는 하다.

"하지만 테리라는 브랜드를 만든 건 그들이 아니라 심상규 씨죠."

"네?"

"테리는 물건입니다. 피사체가 될 수는 있지만, 그 이미지 자체의 권한은 심상규 씨에게 있다는 거죠."

그들은 테리를 데리고 감으로써 테리를 이용해서 번 심상규의 돈을 빼앗고, 장기적으로는 테리라는 이미지를 빼앗으려고 하는 것이다.

"그런데 우리가 먼저 상표등록을 해 버리면 그건 불가능합니다."

테리는 물건일 뿐, 그 권리를 가진 건 테리가 아니라 심상규니까.

"그들이 테리를 데려간다 한들 그들이 데려간 개는 골디일

뿐인 거죠."

동일하지만 전혀 다른 이름을 가진 개.

"하지만 그 골디라는 이름을 가지고 있으면 어찌 되었건 활동이 가능하지 않아요? 테리의 재능이 어디 가는 것도 아니고."

노형진이 피식 웃었다.

"이게 웃긴 거죠."

그들이 테리를 데리고 가는 순간부터 테리는 테리가 아니라 골디다. 그런데 지금까지 만든 모든 캐릭터는 테리다.

"즉, 전혀 새로운 캐릭터를 주장하지 않는 이상 이쪽에서 해당 캐릭터의 사용 금지 가처분을 청구할 수 있다는 거죠."

"네?"

"아…… 이렇게 표현하면 좀 이해가 편할지도 모르겠네요."

가령 A라는 배우가 있다고 치자.

그런데 그 A라는 배우가 정의로운 역할로 유명해지면서 A라는 캐릭터에 정의로운 사람이라는 이미지가 붙었다고 생각하면 된다.

문제는 A라는 배우와 그 역할은 결국 같은 사람이라는 거다.

"그렇다고 그 역할에 대한 소유권이 A 배우에게 있느냐? 그건 아닙니다."

엄밀하게 말하면 그 소유권은 저작권을 가진 작가에게 있고 A는 그걸 연기했을 뿐이다.

"작곡가와 그걸 실연하는 가수가 다른 것처럼요."

그럼에도 불구하고 보는 사람들 입장에서는 A가 그 역할이고 그 역할이 A다.

"그래서 A라는 사람이 배우를 하면서 그를 투영하는 겁니다."

그런데 그 투영에도 한계가 있다.

일반적으로 배우들이 촬영장 바깥에서도 그 캐릭터를 투영하는 것을 원저작권자들은 모른 척해 준다.

왜냐? 그 존재 자체로도 홍보가 되는 데다 드라마나 영화 한 편만 찍고 이 바닥을 떠날 게 아니니까 예민하게 굴지 않는 것이다.

어차피 그 사람이 다른 배역을 하면 그때에는 또 다른 이미지가 씌워질 테니까.

"문제는 그 사람이 그걸 이용해서 엉뚱한 짓을 하려고 할 때 발생합니다."

선한 이미지의 캐릭터라면 그걸 이용하고 싶은 사람은 언제든 존재한다.

가령 사채 회사 같은 경우는 그 이미지를 이용해서 선전하고 싶어 한다.

"그런 경우에 문제가 생깁니다."

A라는 배우가 그 광고를 받아들여서 연기하는 거?

문제 될 게 없다.

드라마상의 존재와 그 광고상의 존재는 전혀 다르니까.

"하지만 그 광고상에서 정의로운 배역을 연기한다면 그때부터는 상황이 달라집니다."

그 배역이 말버릇처럼 하던 말을 쓰거나 그 배역의 이름을 쓰면서 사채 광고를 찍는 것은 그 배역을 더럽히는 행위이자 저작권자의 권리를 침해하는 행위가 된다.

그렇기 때문에 광고를 찍을 때도 배우들은 비슷한 이미지는 구현할지언정 절대 그 배역의 역할을 하지는 않는다.

저작권 문제가 될 수 있으니까.

정의로운 경찰이 사채를 팔아 봐라. 캐릭터 붕괴가 오지 않는 게 이상한 거다.

"하물며 사람도 그런데 개는 어떨 것 같습니까?"

"아!"

이쪽에서 테리라는 배역을 선점하고 광고 중이다.

그리고 그로 인해 실질적으로 소득을 발생시키고 있다.

그나마 인간은 배역을 바꾸면서 캐릭터나 이미지를 바꿀 수 있다지만, 개는 아무리 천재라 해도 그건 불가능하다.

개가 카메라 앞에서 천재 소리를 듣는 건 자연스럽게 움직일 수 있고 처음 보는 배역의 사람들과 잘 다닐 수 있다는 정도이지, 거기서 다른 개 캐릭터 연기를 하는 건 불가능하다.

"그러니까 우리가 테리라는 이미지를 선점한다?"

"맞습니다. 그렇게 함으로써 우리는 테리가 아닌 골디의 출연도 막을 수 있지요."

어차피 개의 행동 패턴은 뻔하니까.

"더군다나 지금 계약을 하고 돈을 받는 건 테리라는 이미지지 골디라는 이미지가 아니거든요."

돈이 되는 곳은 영화나 방송이 아니다.

물론 거기서도 출연료를 받은 것은 사실이나 그 돈은 그다지 많지 않다.

진짜 돈이 되는 것은 모델로서의 테리다.

"그리고 테리 시절에 찍은 이미지에 대해서는 저들이 뭐라고 할 수가 없지요."

특히나 상업적 이미지에 대한 건 말이다.

"하지만 테리의 이미지 아닌가요?"

"그렇지요. 하지만 그 권한은 아까도 말했다시피 심상규 씨에게 있습니다."

만일 대상이 사람이었다면 초상권 등의 문제가 있겠지만 그렇지 않다면 피사체에 대한 소유권이 문제다.

"이 경우는 소유를 확신할 수밖에 없는 상황이거든요."

버려진 개였고 어떠한 등록도 되어 있지 않았다.

그 상황에서 주인인 심상규는 규정대로 신고하고 주인이 나타나지 않자 테리를 입양했다.

"그 상황에서 자신의 소유로 볼 수밖에 없기 때문에 그들이 돈을 요구한다고 해서 줄 필요는 없습니다."

"묘하기는 한데……."

심상규는 머리를 긁적거렸다.

"일단 이미지는 지킬 수 있다는 거네요?"

"맞습니다."

"그러면 테리를 지킬 방법은 없나요?"

"그건 지금부터 시행할 겁니다, 후후후."

"뭐라고?"

민사를 걸고 당연히 심상규에게서 돈을 받을 수 있다고 생각한 전 주인인 김주포는 변호사에게 되물을 수밖에 없었다.

"무슨 소리야? 돈을 못 가지고 온다니?"

"그쪽 답변서가 왔는데요. 이놈들이 그걸 단순히 점유이탈물횡령죄가 아니라 상표권을 들고나왔습니다."

"상표권? 아니, 무슨 상표권?"

"말 그대로입니다."

소유권만 생각하고 있던 그쪽 변호사 입장에서는 상표권은 생각지도 못한 부분이었고, 답변서를 받아 본 후에는 인정할 수밖에 없었다.

상표권에 따르면 이 권리를 가진 건 심상규이지 테리가 아니다.

"그리고 그 기간 동안 테리라는 이미지를 만든 것은 심상규가 맞으니까…….”

　당연하게도 상표권은 심상규의 소유라는 거다.

　“하지만 골디는 내 거야!”

　“맞습니다. 하지만 상표권에 따르면 테리와 골디는 전혀 다른 존재입니다.”

　“뭔 소리야? 개가 같은데 왜 달라?”

　“그게 말입니다, 일단 소유권이 다르니까요. 기업이 넘어가기 전과 넘어간 후를 생각하면 됩니다.”

　일단 심상규는 합법적으로 테리를 입양했다.

　그러니 그걸 되찾아 오기 위해 점유이탈물횡령죄를 걸었지만, 그렇다고 해서 그가 합법적으로 테리를 입양했다는 사실이 사라지는 건 아니다.

　“다시 말해서 그가 했던 모든 행동은 합법이며, 그로 인해 발생한 수익을 우리 쪽에 돌려줄 의무는 없어진 겁니다.”

　“아니, 뭔 개소리야! 그게 말이나 되는 거야?”

　김주포는 발끈했다.

　자신의 개다. 그런데 그 개로 인해 발생한 수익을 왜 남이 갖는단 말인가?

　“그 소유권이 그 당시에는 저쪽에 있었으니까요.”

　“씨발.”

　김주포는 욕이 나왔지만 그렇다고 해서 방방 뛰지는 않았다.

　어차피 중요한 건 과거의 모습이 아니라 미래의 모습이다.

이미 유명해진 테리를 이용할 수 있다면 로열티는 적잖이 벌 수 있다.

"일단 데리고 와. 그건 가능한 거지?"

"그게 문제가 있습니다만……."

"또 뭔데? 못 데리고 오는 거야?"

"데리고 올 수는 있습니다만, 그 이후에는 테리가 아니라 골디입니다."

"뭔 소리야?"

"테리라는 이름을 상표로 등록해 놨습니다."

그렇게 되면 다른 사람은 그 이름을 못 쓴다.

물론 비상업적으로 자기 개를 테리라고 부르는 거야 얼마든지 가능하다. 어차피 그걸 가지고 누가 뭐라고 할 수 있는 것도 아니고.

"하지만 테리라는 이름으로 방송에 출연하거나 광고를 찍거나 홍보하는 것은 불가능합니다."

"뭐? 그게 뭐야? 씨발, 그러면 우리한테 남는 게 없잖아! 내가 지금 벌금을 얼마나 냈는지 알아?"

개를 등록하지 않은 게 드러나 자신에게 떨어진 벌금이 100만 원이다.

개값이 100만 원도 안 되는데 적지 않은 돈을 날린 셈이었기에 김주포는 쓰린 속을 문지르면서 여기로 올 수밖에 없었다.

그런데 이제는 테리로 돈도 못 번단다.

"그러면 골디로 따로 홍보하면 되는 거 아냐?"

"가능은 합니다만……."

그러기 위해서는 테리라는 이미지를 지워야 한다.

그게 쉬울 리가 없다.

"아마도 돈이 더 들 겁니다."

골디라는 이름으로 홍보한다고 한들, 과연 그 골디라는 이미지에서 테리를 완벽하게 지워 낼 수 있을까?

그건 불가능하다. 그게 가능했다면 이렇게 고민할 필요가 없다.

애초에 그런 과정을 거치기 위해서는 방송이나 언론 등을 이용하는 수밖에 없다.

"만일 우리가 골디라는 이름으로 홍보를 하거나 활동을 하려고 하면 저쪽에서는 과거의 기록을 빌미로 해당 활동을 하지 못하게 막으려고 할 가능성이 높습니다."

"소송을 한다는 거야?"

"아마 그러겠지요."

"그러면 싸우면 되는 거지 뭐가 문제야?"

"그런데 문제가 되는 대상은 보통 안 쓰거든요."

"뭐? 그게 무슨 소리야?"

"말 그대로입니다."

개의 연기가 필요한 경우는 그리 많지 않다.

특히 작은 개도 아니고 대형 견종은 더더욱 연기의 기회가 적다.

연기자들 중에도 대형 견종을 무서워해서 연기가 자연스럽게 안 되는 사람들이 있기 때문이다.

그래서 개가 필요하면 대형 견종보다는 소형 견종으로 하는 경우가 대부분이다.

"대형 견종이 필요한 건 대부분 특수한 경우입니다."

그런 상황에서 만일 테리를 골디로 들이밀면 상대방이 소송을 걸게 된다.

물론 그런다고 이쪽이 마냥 지고만 있지는 않겠지만, 어찌되었건 재판이 진행되는 와중에는 법적인 문제로 인해 당연히 출연이 불가능하다.

이런 재판은 중요한 사건이 아니라서 못해도 3개월은 기다려야 하는데, 광고 하나 찍는 데 3개월씩 기다리라고 하면 어떤 광고주가 그걸 찍겠는가?

"그래서 못 팔아먹는다는 거야?"

"이게 상황이 애매해요."

경제학적으로 보면 테리는 필요에 의해 뜬 게 아니라 스스로 필요를 만들어 낸 상황이다.

이슈가 되면서 사람들에게 인기를 끌었고, 그 인기를 이용하기 위해 다른 사람들이 출연시키거나 로열티를 지급해 가면서 모델로 쓰는 것이다.

"그런데 만일 구설수가 생기면 사람들은 테리를 안 쓰죠."

더군다나 이미 들어간 로열티를 내놓으라고 할 수도 없는
상황.
　"이런 상황이면 아무래도 돈을 못 버실 것 같습니다."
　"뭐? 그런 게 어디 있어? 데리고 올 수 있다며!"
　김주포는 당장이라도 변호사의 멱살을 잡고 흔들 것처럼
일어나서 소리를 질렀다.
　"데리고 올 수는 있습니다. 하지만 그 이후에 방송에 출연
시킨다거나 하는 건 전혀 다른 문제라는 거죠."
　"이런 씨발! 그러면 데리고 올 이유가 없잖아!"
　"그러면 지금이라도 포기하시겠습니까?"
　지금 포기하면 귀찮은 일은 벌어지지 않는다.
　하지만 사람의 심성이라는 게 다 좋은 것은 아니다. 도리
어 악한 놈일수록 더더욱 집요하고 끈질기다.
　"데리고 와! 씨발. 빼쳐서라도 데리고 와야겠어. 끌고 와
서 보신탕집에라도 팔아야겠다! 그 새끼가 돈 버는 꼴은 내
가 못 봐. 무조건 데리고 와!"

⚖

　"집요하네요."
　노형진은 일이 이쯤 되면 사실 포기할 거라 생각했다.
　현실적으로 돈을 벌 수 있는 방법이 없는 만큼, 돈이 목적

이었다면 대부분 포기하기 마련이다.

그런데 끝까지 포기하지 않고 덤빈다는 건 목적이 돈이 아니라는 거다.

"그냥 배알이 뒤틀린 것 같네요."

"고작요?"

"고작이 아닙니다."

자신이 돈을 못 벌게 되었으니 상대방도 돈을 못 벌어야 한다는 거다.

생각보다 그런 인간들은 많고, 그런 인간들은 자신이 손해 보는 것보다는 남에게 피해를 입히는 것에서 더더욱 즐거움을 느낀다.

"사실 이제 저쪽에서는 들어갈 돈이 다 들어갔으니까."

변호사 선임했고 소송도 걸었다.

심지어 애완동물 미등록으로 벌금까지 냈으니 화가 날 수밖에 없다.

"그러니 이쪽에 엿을 먹여 보겠다 이거죠."

"어차피 데리고 가 봐야 소용도 없잖아요?"

"아까도 말했지만 이런 놈에게 있어 애완동물은 그냥 장신구입니다."

그들에게 있어서 애완동물의 생명은 중요하지 않다.

"애초에 테리를 버린 그 순간부터 그놈들은 동물을 사랑하지 않는다는 걸 인정한 겁니다. 그런 놈들이 이쪽 사정을 봐

줄 리가 없지요. 도리어 이쪽에서 약하게 나오면 그 부분을 물고 늘어질 겁니다."

만일 이쪽에서 약하게 나가면 돈을 요구할 가능성이 크다.

소송을 덮을 테니까 그 대신에 합의금을 달라고 말이다.

"진짜 동물을 사랑하는 사람이라면 돈을 주고서라도 보호하려고 하겠지요. 그렇지 않습니까?"

그 말에 심상규는 고개를 끄덕거렸다.

애초에 그가 테리를 데리고 온 것도 돈을 바라서가 아니다. 도리어 대형견은 돈이 많이 든다는 걸 알고서도 데리고 온 거다.

당장 사료의 비용이 문제가 아니다.

골든 레트리버 같은 경우는 유전적 질환으로 관절이 약하다.

순종이라는 것이 결과적으로 혈통을 보호하는 걸 의미하는데, 좋게 말해서 혈통이지 사실 노골적으로 말하면 근친 간의 교배가 계속된다는 의미다.

그렇다 보니 유전적인 문제가 많은 게 소위 말하는 순종이다.

보기는 좋을지 모르나 유전적 질환이 점점 강해지는 것이다.

그래서 골든 레트리버 같은 경우는 관절에 유전적 질환이 계속 나타난다.

"그리고 점유이탈물횡령죄에서 우리가 이겼기 때문에 저쪽에서는 강제로 데리고 갈 방법도 없어요."

검찰 측에서는 결국 포기할 수밖에 없었다.

두 번째 재판에서 노형진은 심상규가 선의의 제삼자임을 주장했다.

"원래 점유이탈물횡령죄는 당사자가 관리 못 하는 상태에서 동의 없이 제삼자가 그걸 그냥 가지고 가는 걸 말하는 거거든요."

하지만 심상규는 다행히도 그렇게 하지 않았다.

정식으로 구청에 신고했고, 구청에서는 접수하고 정식으로 유기 동물로 등록, 정부에서 정한 기간 동안 주인을 찾았다.

그사이에 심상규는 테리를 임시 보호라는 개념으로 데리고 있었을 뿐이다.

그리고 정부에서 정한 기간이 끝나고 안락사 기간이 다가올 때 정식으로 입양한 것이다.

즉, 계속해서 심상규가 보호하고 있었던 것은 사실이나 그사이에 제삼자인 국가가 끼어 있는 형태가 되어 버렸다.

"그런 경우 소송 대상은 국가거든요."

노형진의 변론에 검사는 결국 사건을 포기했고 심상규는 처벌받지 않게 되었다.

"그러면 끝 아닙니까?"

"보통은 그렇지요."

노형진은 그렇게 말하면서도 다른 소장을 내밀었다.

"그런데 저쪽은 그런 걸 떠나서, 어떻게 해서든 테리를 다시 데리고 가고 싶어 합니다. 확실히 애정 때문은 아닌 것 같고⋯⋯."

심상규는 우울한 얼굴이 되었다.

"데려가서 뭐 하려고요? 애초에 데려가지도 못한다면서요?"

"저쪽은 배알이 뒤틀린 상황입니다. 그냥 이쪽에 엿 먹이고 싶은 거죠."

"진짜 이해가 안 갑니다."

자기는 저쪽에 아무런 피해도 준 적이 없다.

저쪽이 버린 거고 자신은 주운 것뿐이다.

만일 저들이 테리를 계속 키웠다면 그 재능을 발견했을까?

그럴 가능성은 낮다.

그 재능은 심상규가 전문가여서 알게 된 거지, 일반인이었다면 그냥 사진만 찍으면서 좋아했을 것이다.

"그런 사람들이 있습니다. 사돈이 땅을 사서 배 아픈 정도가 아니라, 사돈이 망해야 즐거움을 느끼는 인간들이요."

그들이 돈이 없다면 모르지만, 돈이 있다면 상대방에게 원한을 가지고 지속적으로 괴롭힌다.

"그러면 어떻게 해야 하나요? 그냥 계속 이대로 싸워야 합니까?"

"뭐, 싸운다고 해도 어차피 저쪽은 못 이기기는 하는데……."

노형진은 턱을 문질렀다.

엄밀하게 말하면 이쪽은 할 수 있는 건 다 했고 저쪽은 할 수 있는 게 없다.

저들이 아무리 노력해도 절대 테리는 데리고 가지 못한다.

그 말은, 노형진이 뭔가 할 필요는 없다는 거다.

'하지만 그렇게 둘 수는 없지.'

변호사라면 당연히 미래의 가능성도 감안하고 움직여야 한다.

지금만 해결한다고 해서 모든 게 끝났다고 생각한다면 그건 유능한 변호사가 아니다.

"솔직히 말씀드리면 저쪽에게 남은 건 두 가지 방법입니다."

"두 가지 방법요? 아니, 재판에서 이겼다면서요! 그런데 방법이 두 가지나 있다고요?"

"네. 법이라는 게 원래 그래요."

"도대체 뭔데요?"

"첫 번째는 절도입니다."

아무리 이쪽에서 테리를 좋아한다고 하지만 결국 테리는 법률적으로 물건이라, 소송을 통해 가지고 가지 못하게 되었지만 이후 테리를 훔친다면?

당연히 그 물건의 가액 정도만 배상하면 된다.

"그 말은, 저쪽에서는 테리를 훔쳐 간 후 심상규 씨에게 그 가액을 배상하면 그만이라는 거죠."

문제는 테리가 벌어 오는 돈이다.

현재 테리는 1년에 1억 이상 벌어다 주고 있다.

"하지만 한국의 재판부는 그런 걸 잘 인정해 주지 않습니다. 상표권 자체가 일단 심상규 씨에게 있고, 테리가 없다고 한들 심상규 씨의 상표권에 문제가 생기는 건 아니거든요."

가령 모 방송에 나와서 유명해진 콩지라는 강아지가 있었다.

콩지가 유명해지자 주인은 콩지를 상표등록 하고 정식으로 애견 사업을 시작했다.

그래서 적잖이 성공했다.

지금도 해당 공장은 잘 돌아가고 있다.

그러나 콩지는 이미 죽은 지 오래되었다.

콩지가 죽었다고 해서 상표 자체까지 사라지지는 않기 때문이다.

"그렇기 때문에 그 부분에 대해서는 감안하지 않는 겁니다."

"그러면 가서 찾아오면……."

"그게 문제입니다. 이런 심보를 가진 사람이라면 절대 테리를 살려 두지 않을 겁니다."

이런 상황에서 테리를 훔칠 이유는 오직 하나뿐, 상대방이 이득을 얻는 걸 막고 싶은 것이다.

그 말은, 장기적으로 보면 테리가 살아 있으면 안 된다는 거다.

"아마도 테리의 목숨값으로 기껏해야 500만 원 정도 나올 겁니다."

"네? 하지만 테리는 제가 애지중지 키운 앱니다."

"한국은 정신적 위자료를 거의 인정하지 않는 나라라서요."

더군다나 테리를 키운 기간도 문제다.

심상규가 테리를 키운 기간은 고작해야 1년 반 정도다.

그 말은 심리적 충격을 이유로 손해배상을 한다고 해도 한국 재판부는 그 심리적 충격의 기준을 같이 지낸 기간으로 잡을 거라는 거다.

"뭐 그런 말도 안 되는 소리가……!"

"법이 그래요."

노형진은 어깨를 으쓱했다.

같이 지낸 기간이 길수록 충격이 크다는 게 법원의 판단인데, 그게 딱히 잘못된 건 아니지만 또 완벽하게 맞지도 않는다.

"일단 그 부분이 문제이고, 두 번째 방법은 저들이 테리의 이름에 똥칠을 하는 겁니다."

"똥칠요?"

"네. 쉽게 말해서 테리의 문제를 민사적으로 주장하면서 시끄럽게 하는 거죠."

형사적으로 소송했지만 졌다.

하지만 민사적으로 주장하면 문제는 달라진다.

"분명 언론 플레이가 들어갈 겁니다."

저들이 테리를 버렸다는 증거는 없다.

즉, 민사적으로 본다면 테리를 돌려 달라는 저들의 주장을 막을 방법이 없다는 거다.

"그런데 이런 소식이 인터넷에 돌기 시작하면 어떻게 될까요?"

"아……."

이런 문제는 대부분 사람들의 의견이 양측으로 갈리기 마련이다. 누가 선인지 알 수 없기 때문이다.

심상규를 편들어 주는 사람들 입장에서는 키운 정이 있지 어떻게 돌려주느냐는 말이 나오겠지만, 김주포를 편들어 주는 사람들 입장에서는 잃어버린 개를 붙잡고 안 돌려주는 건 도의가 아니라는 말이 나올 것이다.

"하지만 저는 정식으로 입양한 건데……."

"그게 문제입니다. 이건 인간의 감정 문제이지 법적인 문제가 아니거든요."

진실을 모르는 사람들에게는 테리가 돈이 되니까 심상규가 돌려주지 않는 걸로 보일 수도 있다.

"더군다나 이미 김주포는 테리를 데리고 가도 돈은 못 받는다는 걸 알죠."

"그렇지요?"

"그러면 김주포가 '돈은 필요 없습니다. 다만 테리, 아니 골디를 돌려주십시오.'라고 하면 어떻게 될까요?"

"큭."

아무것도 모르는 제삼자의 눈에 심상규는 분명 누군가가 애지중지 키우던 개를 빼앗아 간 사람으로 보일 것이다.

"그 말은 테리라는 이름에 똥칠을 할 수 있다는 거죠."

소유권 분쟁 문제가 걸려 있으니 방송국이나 영화, 드라마에서도 쓰지 않으려고 할 것이다.

"그렇게까지 한다고요?"

"사람들이 상상하는 것 이상으로 소송은 감정싸움의 문제입니다. 단순히 사과만 하면 되는 일을, 화가 난다고 소송까지 가는 경우가 얼마나 많은지 모르실걸요."

"허."

심상규는 어이가 없어졌다.

"그러면 어쩌죠? 우리가 먼저 이 문제를 공론화해야 하나요?"

"그건 무리일 겁니다."

선과 악이 확실하게 구분된 상황이라면 공론화는 어렵지 않다.

그러나 이 문제는 얼핏 보면 선과 악의 문제가 아니다.

개를 그리워하는 전 주인과 현 주인의 싸움이지.

"문제는 현 주인인 심상규 씨가 강자라는 거죠."

일단 외부적으로 봤을 때 심상규에게 법적인 권리가 있고 또 테리로 인해 돈을 벌고 있는 게 사실이다.

물론 테리를 버린 김주포도 상당한 재력가이기는 하지만,

일단 외부적으로 돈을 버는 건 심상규인 만큼 불리한 것도 심상규다.

"보통 사람들은 약자를 지지하려고 하거든요. 그리고 요즘은 분위기가 많이 바뀌었습니다."

전에는 일단 인터넷에서 선빵을 치면 나중에 나온 사람이 뭐라고 하든 죽일 놈이 되는 경우가 많았는데, 그걸 악용한 놈들이 워낙 많아지다 보니 많은 사람들이 일단 중립을 지키면서 눈치를 살피다가 어느 정도 답이 나왔을 때 움직이는 성향이 생겨 버렸다.

"즉, 이쪽에서 선빵 쳤다가 저쪽에서 유전자 검사 결과라도 들이밀면 역습당할 수도 있다는 거지요."

"그러면 어떻게 해야 합니까?"

"위험한 방법을 한번 써야 합니다."

"위험한…… 방법요?"

"그렇습니다. 테리를 미끼로 쓰는 겁니다."

"네?"

심상규의 눈이 격하게 떨리기 시작했다.

"그럴 수는 없습니다. 테리는 제 가족입니다!"

"심상규 씨 입장에서는 물론 가족이지요. 하지만 제 입장에서는 동물이고 또 물건일 뿐입니다."

인간과 친하다? 또는 자신과 친하다?

그건 법률적 관점에서는 아무런 의미도 없다.

중요한 건 그 존재의 여부다.

"하지만……."

"물론 다른 방법도 있습니다. 다른 개를 테리 대신으로 이용하는 거죠."

"다른 개요?"

"네. 테리는 골든 레트리버입니다. 비슷하게 생긴 개 한마리 구입하는 건 어렵지 않습니다."

심상규는 입술을 깨물며 고개를 푹 숙였다.

⚖️

─테리가 사라졌다는데요?

자고 있던 김주포는 변호사에게서 온 전화에 눈을 번쩍 떴다.

"그게 무슨 소리야?"

─촬영 문제로 문경으로 데리고 갔는데 그곳에서 가출했답니다. 지금 인터넷에 글을 올리면서 찾고 있어요.

변호사는 당연히 승리를 위해 심상규의 마스크북을 감시하고 있었고 그곳에서 올라온 글을 볼 수 있었다.

─테리를 찾아 주는 분에게 현상금으로 300만 원 준답니다.

"문경이라고?"

─네. 지금 찾고 있는 모양입니다만.

김주포는 침대에서 벌떡 일어났다.

"알았어. 끊어."

이어 김주포는 바로 누군가에게 전화를 했다.

"어, 난데, 지금 바로 차 끌고 와. 문경에 갈 일이 있어. 너 그물 있다고 했지? 그래, 그것도."

전화를 끊은 김주포는 이를 박박 갈면서 중얼거렸다.

"오냐, 이 새끼야. 한번 엿이나 제대로 먹어 봐라."

⚖️

문경의 촬영장 위치는 다른 글에 올라가 있었기 때문에 찾는 건 어렵지 않았다.

김주포가 현장에 도착했을 때, 사방에서는 테리를 찾는 목소리가 울려 퍼지고 있었다.

"형님, 그나저나 진짜로 훔쳐 가려고요?"

"뭘 훔쳐! 내가 내 걸 가지고 가겠다는데!"

"하지만 재판 중이잖아요, 테리인지 뭔지 하는 그 개 새끼?"

"골디라니까! 그리고 어차피 오늘이면 끝이야."

그는 이를 박박 갈면서 주변을 두리번거렸다.

"주변에 잘 찾아봐. 분명 그 개 새끼가 어딘가에 있을 테니까."

"쩝."

김주포와 동행한 남자는 여기저기를 뒤지기 시작했다.

그리고 얼마 지나지 않아서 그들은 테리를 찾을 수 있었다.

"형님, 저기에 있는데요?"

"멍청한 개 새끼. 내 저럴 줄 알았다."

덤불을 뒤지던 테리는 거기에 끈이 엉켜서 꼼짝도 못 하고 있었다.

그리고 그걸 보고 김주포는 미소를 지었다.

"야, 그물 던져."

"네?"

"저 개 새끼 끌어내야 할 거 아냐."

"하지만 형님, 저거 형님 개도 아닌데……."

"이런 씨발 새끼. 내 말 안 들어? 어?"

"아, 네……."

결국 어쩔 수 없이 그물을 던지는 동생.

테리도 바보는 아니다.

아무리 골든 레트리버가 사람을 좋아하고 기본적으로 호감을 가지고 있다지만 자신에게 적대감을 드러내는 사람에게까지 그러지는 않는다.

크르르르.

그물을 던지며 자신에게 다가오는 자들에게 테리는 이를 드러내면서 경고했다.

"씨발, 개 새끼가 어디서 이빨을 드러내?"

"형님, 저거 아무리 봐도 위험한데 어떻게 하시려고요?"

대형견이 작심하고 사람을 공격하면 당연히 위험하다.

더군다나 그물 때문에 적대감을 보이고 있는 테리라면 당연히 접근하는 순간 물어뜯을 것이다.

"얀마, 내가 왜 너를 불렀는데! 철사로 만든 올무 있지? 그걸로 목을 묶어."

"네? 하지만 그건 위험한데요!"

올무는 산짐승이 길을 다니다가 걸리면 목을 조르는 형태의 함정이다.

그걸 쓰는 사람은 불법 밀렵을 하는 이들인데, 김주포는 그가 불법 밀렵하는 걸 알고 있었다.

"그거 걸리면 진짜 죽어요, 형님."

가느다란 올무에 걸리면 동물은 당연히 벗어나기 위해 몸부림친다.

그러나 올무의 구조상 몸부림칠수록 목을 더 조이는 형태이기 때문에 결국 동물은 질식사할 수밖에 없다.

더군다나 올무는 일반적으로 철사를 사용한다.

철사는 인장력이 어마어마하기 때문에 대부분의 짐승들은 그걸 끊을 수조차도 없다.

설사 운이 좋아서 끊는다고 해도 목에 걸린 올무 자체는 빠지지 않기 때문에 결국 언젠가는 죽게 된다.

아무것도 못 먹으니까.

그래서 올무는 국가에서도 사용이 금지되어 있다.

"입 닥치고 시키는 대로 해!"

"네, 형님. 쩝."

동생은 차로 가더니 올무와 그걸 연결한 긴 막대를 가지고 왔다.

보통 산에서 위험한 동물을 잡을 때 쓰는 물건이었다.

"진짜로 하실 거예요? 이거 쓰면 죽을 수도 있어요."

동생이 마지막으로 다시 한번 묻자 김주포는 당연하다는 듯 말했다.

"상관없어. 어차피 죽일 거야."

"네? 아니, 그게 무슨 말이에요?"

"씨발, 저게 사라지면 내 집부터 뒤질 텐데, 요즘은 칩을 다 박아 둬서 바로 걸려. 저 개 새끼가 그거 꺼낼 수 있게 가만히 있을 것 같지도 않고, 죽여서 태울 거야. 아니면 보신탕 집에 넘기든가."

"어…… 그러면 나중에 문제가 될 것 같은데요."

"지가 어쩔 건데? 어차피 개 새끼 한 마리야. 푼돈이나 좀 던져 주면 돼. 이미 알아봤어."

여차하면 개를 훔쳐서 죽일 생각을 하던 김주포에게는 이번이 기회였다.

"형님, 진짜 그건 좀…… 그렇지 않아요? 애초에 저 개 새끼를 버린 것도 형님이잖아요."

"좆같은 소리 할래? 내가 버린 걸 가지고 왜 다른 새끼가 돈을 버냐고. 난 그게 좆같은 거야. 그러니까 저 개 새끼, 내가 죽일 거야. 내가 산 거니까."

"하, 진짜 형님……."

고개를 절레절레 흔드는 남자.

그는 어쩔 수 없다는 듯 올무를 테리에게 걸려고 조금씩 다가갔다.

하지만 그들의 행동은 거기까지였다.

"그만하시죠."

그들이 고개를 돌려 보니 거기에는 노형진과 심상규 그리고 촬영 팀이 있었다.

"어……."

"잘 들었습니다. 그런 목적이셨군요."

노형진의 말에 동생은 떨리는 눈빛으로 김주포를 보며 더듬더듬 말했다.

"어…… 형님…… 이거 좆 된 것 같은데……."

"씨발, 입 좀 닥쳐. 오해가 있나 본데, 나는 우리 골디가 사라졌다고 해서 걱정된 마음에 와 본 것뿐입니다."

노형진은 피식 웃었다.

"가서 진정시키세요."

노형진의 말에 심상규는 테리에게 다가갔다.

그러자 잔뜩 흥분한 듯하던 테리가 갑자기 얌전해지면서 조용해졌다.

심지어 그물을 벗기는 심상규를 도와주기까지 했다.

"어…… 뭐야?"

"뭐긴요, 테리를 훈련시킨 거지."

"뭐?"

"테리는 연기에 재능이 있다니까요."

노형진은 이죽거렸다.

"당신들이 테리를 뭐 하하 호호 데려가지는 않을 테니까."

아무리 사람을 좋아하는 개라 해도 강제로 끌고 가려는 사람에게까지 호감을 표시하지는 않는다.

특히 대형 견종은 당연히 저항한다.

그리고 그러면 사람이 위험할 수도 있다.

"그러면 방법은 뭐, 뻔하지요."

그물과 올무. 그걸 알기에 노형진은 테리를 훈련시켰다.

"애초에 테리는 지금 연기 중이라고 생각한 거지."

"뭐, 뭣?"

아무리 성격 좋은 개라고 해도 그런 공격을 받으면 성격이 바뀔 수 있다.

그랬기에 노형진은 그들이 강제로 데려갈 가능성을 생각하고 그물과 올무 관련 훈련을 통해 테리에게 이게 촬영이라는 생각을 하게끔 만들었던 것이다.

"실제로 촬영이 맞고."

테리의 몸에서 그물을 벗긴 심상규는 테리의 목덜미에서

뭔가를 꺼내서 던졌다.

그걸 받아 든 노형진이 피식 웃었다.

"아무리 밤이라고 하지만 제대로 봤어야지요."

"그게 무슨…… 아…….."

그제야 김주포는 아차 싶었다.

덤불에 목줄이 걸려서 꼼짝도 하지 못하는 상황이긴 했으나 정작 테리의 몸에는 나뭇잎 하나 묻어 있지 않았다.

그 말은 누군가가 테리를 여기다가 묶어 놨다는 것이다.

"이…… 이익……."

"어디 보자, 불법 사냥도 하는 모양이신 것 같은데."

"아…… 어…… 난 아닙니다! 이 형님이 시킨 거예요!"

일이 틀어졌다는 걸 안 남자는 다급하게 손을 흔들었다.

"일단 경찰을 부르시고."

노형진은 피식 웃으며 말했다.

"우리 같이 영화 한 편 감상해야 할 것 같지 않나요? 후후후."

⚖️

"이걸로 진짜 끝인가요?"

"끝입니다. 이쪽에서 명확한 증거를 가지고 있으니까요."

테리의 목에 걸려 있던 건 녹음기였다.

그들이 했던 말은 그대로 다 녹음되었고, 만일 테리에게 뭔 짓을 하거나 소송이라도 하려 들면 이쪽에서 녹음 파일을 공개한다는 게 노형진의 계획이었다.

"그런다고 해서 배상이 바뀌는 건 아니지 않습니까?"

"그건 그렇지요. 하지만 사회적으로 말살되는 건 전혀 다른 문제죠."

김주포는 제법 커다란 공장을 운영하는 사람이다.

그런 그가 이런 문제에 얽혀 있다는 사실이 세간에 알려지면 공장은 망한다.

"전에 말씀드렸다시피 강자와 약자가 있으면 사람들은 약자를 편들어 주게 됩니다."

김주포가 잃어버린 개를 그리워하는 주인이라는 포지션에서 벗어나는 순간 그가 할 수 있는 건 없다.

"결과적으로 그는 이제 아무리 속이 쓰려도 입 닥치고 있을 수밖에 없습니다."

그래서 가짜 촬영을 만들고 그를 함정에 빠트린 것이다.

"그러면 김주포는 더 이상 저희를 공격하지 않을까요?"

"못할 겁니다. 이쪽에서 약점을 가지고 있으니까요."

"감사합니다. 감사합니다."

심상규는 몇 번이나 고개를 숙였다.

'뭐, 하고 싶어도 무서워서 못 하겠지.'

노형진은 마지막 순간에 그에게 자신의 명함을 건넸다.

다만 그 명함은 단순 명함이 아니라 마이스터의 아시아 대리인 명함이었다.

'사업을 하는 놈이니, 멍청하지 않다면 그게 무슨 소리인지 모르지는 않겠지.'

그러니 아깝다고 해도 결국 입을 닥칠 수밖에 없으리라.

"이제 평안하게 사시면 됩니다."

노형진은 웃으며 말했다.

"심상규 씨의 가족은 이제 어디로도 가지 않을 테니까요."

이름의 가치

"개 피곤해 죽겠네."

손중학은 피곤한 눈을 비비며 말했다.

그런 그를 보면서 PD는 피식 웃었다.

"아나운서는 바른말 좋은 말 써야 하는 거 아냐?"

"방송만 안 나가면 되는 거지요, 뭐."

물론 다른 사람이 있으면 의식적으로 좋은 말을 하려고 하는 게 사실이다.

그러나 때때로 너무 피곤할 때는 어쩔 수가 없었다.

"아, 망할 보도국장. 술 좀 작작 처먹지."

"아이고, 무서운 소리 하지 말어."

"PD님 앞에서나 이런 말 하지 어디서 이런 말 해요?"

"큭큭큭."

보도국장은 전형적인 옛날 기자다.

그렇다 보니 접대를 좋아하고 돈 받는 것도 좋아한다.

물론 손중학 아나운서 입장에서는 짜증 나는 대상이지만, 어쩌겠는가?

저런 인간이 보도국장인 이상 자신은 맞춰 주는 수밖에 없다.

8시 뉴스 자리가 그냥 짤짤이 따서 나오는 자리는 아니다.

8시 뉴스는 말 그대로 간판 아나운서만 받는 자리니까.

"그나저나 김소정 아나운서는 어디쯤 왔대요?"

"지금 화장 중이래."

"금방 오겠네요."

시간은 넉넉하고 오늘 뉴스도 다 숙지했기 때문에 손중학은 느긋하게 믹스 커피로 목을 축였다.

피곤하기는 하지만 아나운서가 피곤한 모습을 보여 줄 수는 없는 노릇이다.

그리고 믹스 커피는 그럴 때마다 정신을 번쩍 들게 해 주는 고마운 물건이다.

"손 아나운서님."

"응?"

그런데 누군가 불러서 고개를 돌려 보니 직원 한 명이 서 있었다.

"네?"

"택배가 왔는데요."

"택배요?"

"네."

뭔가를 건네는 남자.

그걸 받아 든 손중학은 고개를 갸웃했다.

상자를 뜯어보니 안에는 USB가 들어 있었다.

"뭡니까, 이게?"

"저야 모르죠. 손 아나운서님이 주문한 물건 아니에요?"

"저는 이런 건 주문한 적이 없는데?"

"그러면 익명의 제보인가 보죠."

"하긴."

가끔 그런 경우가 있다.

아나운서는 사실 기자라기보다는 전달자에 가깝다.

취재는 기자들이 따로 하는데, 사람들은 아나운서가 기자처럼 취재하는 줄 착각하고 익명의 제보를 보내 주곤 한다.

"제가 이따가 확인해 보고 적당한 기자한테 넘길게요."

"네."

직원은 멀어졌고 그사이 촬영 준비가 끝났다.

"데스크 들어가고!"

손중학은 그걸 옆에 두고 안으로 들어갔다.

"이게 뭔데?"

"몰라요."

자신에게 본 제보이기 때문에 손중학은 일단 그걸 컴퓨터에 꽂아서 확인했다.

"혹시나 이거, 바이러스 든 거 아니지?"

"그래서 이걸 쓰는 거잖아요."

아무래도 방송국은 국가 기간 시설이다 보니 해킹하거나 바이러스를 퍼트릴 목적으로 제보처럼 꾸며서 뭔가 보내는 놈이 있다.

그래서 파일을 확인할 때는 꼭 인터넷이 연결되지 않은 전용 노트북으로 확인하도록 되어 있다.

워낙 그런 시도가 많아서 그건 절대적 규칙이었다.

"어디 보자, 바이러스는 없네요."

"해킹 툴 같은 건 조심해야 해. 그런 건 바이러스 검사에 안 걸려. 특히 자작은."

"알아요. 내가 초보도 아니고."

손중학은 당연하다는 듯 몇 번이나 검사하고 안전하다는 걸 확인하고 나서야 파일을 열었다.

그 안에는 다른 건 없이 오로지 동영상 파일 하나만 들어 있었다.

"뭐야? 악몽의 학살자? 영화인가요?"

"악몽의 학살자라니, 진짜 망하기 딱 좋은 제목이네."

유일하게 들어 있는 동영상 파일 하나, 그걸 재생하는 두 사람.

그리고 그걸 보면서 그들의 눈은 그 어느 때보다 커지기 시작했다.

⚖️

"저거 제정신이야?"

밥을 먹고 있던 노형진은 뉴스를 보면서 입을 쩍 벌렸다.

'단독'이라는 이름으로 나오는 뉴스.

─스스로를 '악몽의 학살자'라고 밝힌 범인은 피해자를 고문하는 영상을 보내며 한국 검찰에게 잡을 수 있으면 잡아 보라는 말을 남겼습니다. 검찰은 이 사건에 대해 현재 아무런 발표도 하지 않고 있으며…….

갑자기 나온 뉴스.

모자이크 처리가 되었지만 영상으로 보이는 장면에 노형진은 너무 어이가 없어서 움직이던 손을 멈춰 버렸다.

"아무리 경험이 없다고 해도 저걸 저렇게 공개한다고? 지금 제정신이야? 저거 생각은 하고 저지르는 거야?"

노형진은 일어나 방 안을 왔다 갔다 하면서 마음을 진정시켰다.

그리고 바로 전화기를 들었다.

"어, 난데, 나 하나만 묻자. 그 미친놈 사건, 누가 하는지 아냐?"

─갑자기 미친놈 사건이라고 하면 그게 뭔지 내가 어떻게 알아? 그리고 나 퇴근했거든!

오광훈이 시큰둥하게 말했다.

"지금 상황이…… 아니다. 하여간 방금 방송에 나온 놈 말이야. 뭐라고 했더라, 악몽의 학살자? 자칭 그놈."

─아, 그 사건? 나도 모르지. 하여간 난 아니야. 아마 스타 검사는 아닐걸.

"윤영지 검사가 알지도 몰라. 그래도 권력의 핵심에서 완전히 벗어난 건 아니잖아."

─잘 모르겠는데. 한번 물어볼까?

"그래, 좀 물어봐 봐."

노형진은 다급하게 말했다.

잠시 후 다시 전화가 왔다.

─자기가 아니라 배학준 검사라던데.

"걘 또 누구야?"

─윤 검사 요즘 우리한테 도움받았잖아. 그것 때문에 라인

에서 완전히 밀렸대. 그래서 배학준인가 뭔가 하는 놈을 밀어주고 있다는데?

"환장하겠네."

노형진은 입술을 깨물었다.

현실적으로 그나마 윤영지는 욕심은 있을지언정 타협할 줄 아는 사람이었다.

그래서 사건이 우선인 경우라면 당연히 새론이나 오광훈에게 도움을 받았다.

그런데 그게 윗선의 마음에 안 들어서 밀려나고 다른 사람을 밀어주는 거라면, 담당 검사가 좋게 말하면 굳건하고 나쁘게 말하면 극도로 이기적인 사람일 가능성이 높다.

"배학준? 그 검사에 대해 아는 거 있어?"

─그 새끼? 꼴통이야. 날 사람 취급도 안 해.

오광훈의 입에서 바로 대답이 나오는 걸 보니 아무래도 평소에도 사이가 안 좋았던 모양이다.

─그런데 왜 그래? 그 미친놈이 담당하는 사건이 뭐 어떤데?

"방금 그 녀석이 담당하는 사건이 뉴스에 나왔는데 그건 한국에 없었던 스타일의 범인이라고."

─그게 뭔 소리인데?

"이놈은 극도로 위험한 대상이라는 거야. 이놈은 지금 게임을 하고자 하는 거고."

─아, 잠깐만. 나 전화가……. 뭔 전화가 이렇게 미친 듯이

오냐?

오광훈은 노형진에게 다시 연락하겠다고 말하면서 전화를 끊었다.

노형진은 왠지 모를 불안감을 느꼈다.

그리고 대략 5분쯤 있다가 다시 전화가 왔을 때 노형진은 자신의 귀를 의심했다.

─배학준 검사, 방금 죽었단다.

"뭐? 아니, 뭔 소리야? 그 사람이 누군지 이제 알았잖아?"

지금 막 그 검사가 누군지 이야기하고 있었는데 갑자기 그가 죽었다는 소식을 들으니 당혹스러울 수밖에 없었다.

─검찰 지금 비상 걸렸다.

범인의 집에 배학준 검사랑 경찰 특공대가 들이닥쳤는데 거기서 폭탄이 터졌단다.

노형진은 입술을 깨물었다.

최악의 상황이 벌어지기 시작했다.

⚖

"검찰은 난리가 났어. 검사만 두 개 팀이 동원되었고 가용한 전력은 다 동원된 상태야. 나도 마찬가지이고."

스타 검사는 가능하면 배제하려고 하는 게 검찰이다.

특히 유명한 사건들은 더욱 그랬다.

그런 검찰이 스타 검사 라인까지 투입한다는 건 그만큼 사건이 다급하다는 거다.

"폭탄 테러로 네 명이 죽고 열 명이 부상당했어. 영구 장애가 남을 거라 생각하는 사람이 두 명이고. 트라우마는 **빼고** 말이지."

다급하게 올라온 보고서를 넘기면서 오광훈은 진지하게 물었다.

"그래서 너한테 나를 보낸 거야. 너 여기에 대해 아는 거 있냐?"

폭탄을 이용해서 경찰 특공대와 검사를 죽였다.

그 말은, 상대방이 그들이 올 거라는 걸 예상하고 있었다는 걸 의미한다.

"이놈은 유명해지기 위해 범죄를 저지르는 타입이야. 지금까지 한국에 거의 없었던 타입이지."

"유명해지기 위해서? 그런 미친놈이 있어?"

"그래. 범죄사에서도 아주 독특한 타입에 속해."

일반적으로 범죄는 복수와 이권 둘 중 하나를 목적으로 한다.

거의 모든 사건이 그렇기에 프로파일도 그런 식으로 분석하는 경우가 많다.

하지만 아주 특수한 경우에 특수한 목적을 가지고 사건을 벌이는 놈들이 있는데, 그중 하나가 바로 유명해지기 위해 범죄를 저지르는 것이다.

"그놈들은 역사에 이름을 남기겠다는 이유 하나만으로 범죄를 저질러. 다른 사람들과 목적성이 다르기 때문에 분석 방식도 다르고 패턴도 달라."

말 그대로 유명해지기 위해 범죄를 저지르는 것이다.

"당연히 유명해지는 게 목적이기 때문에 철저하게 자신을 감추지. 빨리 잡히면 그만큼 기회가 없으니까."

"그러면 유명해진다는 목적과 안 맞지 않아?"

"일반적으로는 그렇지. 그래서 그 녀석들은 자신과 동일시하는 닉네임을 정해서 그렇게 부르게 하는 경우가 많아."

자신이 누군지 알리는 게 목적이기에 그들은 가능하면 잔혹한 범죄를 저지른다. 그리고 그 과정에서 가능하면 자신을 홍보하려고 한다.

그렇기에 그들은 자신을 대표하는 캐릭터를 만들어 내서 홍보하며, 나중에 잡혔을 때 그것과 자신을 동일시한다.

특히 자신의 닉을 스스로 만들어 내는 놈들이 가장 위험하다.

"아, 악몽의 학살자?"

"그래. 방송에서 보니 그렇게 불러 달라고 이야기했다더라."

악몽의 학살자라는 닉네임을 만들어 낸 범인은 방송국에 자신이 피해자를 고문하고 죽이는 장면을 보냈다.

누가 봐도 홍보한 것이다.

고문은 네 시간 이상 계속되었고, 결국 피해자가 쇼크사하는 것으로 영상은 끝났다.

방송국은 그 장면을 그대로 보내지는 않았지만 대신에 일부 장면을 캡처해서 쓰고 그 악몽의 학살자라는 직접 정한 이름을 세상에 공개했다.

"그건 범인의 특징을 몰라서 저지른 가장 큰 실수야. 지금까지 한국에는 그런 타입의 범죄자가 없었으니까."

유명해지고자 하는 범죄자는 무척이나 희귀하다.

미국 내에서도 극도로 적은데 심지어 한국에는 지금까지 그런 타입이 없었다.

그렇다 보니 방송국에서 아주 큰 실수를 한 것이다.

"그런 놈의 방송을 중계해 준 것은 그놈의 행동에 불을 붙인 것이나 다름없어."

그러한 행동은 자신이 유명해졌다는 확신이 들게 한다.

그리고 그 행동이 효과적이며, 지속하면 점점 더 유명해질 거라 생각한다.

"당연히 사건은 계속되고 또 피해자는 점점 더 많아지지."

"어째 말하는 게 그…… 뭐냐, 연예인하고 비슷하네?"

"맞아. 유명세라는 점에서 공통점이 있지."

연예인들은 유명한 상태를 계속 유지하고 싶어 한다.

하지만 그게 쉽지 않기에 결국 잊히는 경우 마약을 하는 등 일탈을 하기 시작한다.

"그 미친놈에게는 그 일탈이 살인이야."

차라리 유명해지지도 않았다면 모를까, 이미 유명해졌다

는 것에 중독 증세를 일으키고 있는 상황이다.

그러니 그는 잊히는 것이 두려워져서 점점 더 잔인하게 범죄를 저지를 것이다.

"그 범인 이름이 뭐라고 했지?"

"조종준."

"그래. 조종준 그놈이 자신이 걸리지 않을 거라고 생각했을까?"

그는 이미 자신이 걸릴 걸 알고 있었다.

치밀하게 자신을 감춘 것도 아니고 대충 설렁설렁 감추는 시늉만 했다.

그리고 그의 집에 경찰이 들이닥치게 만들었고, 그 결과 그곳을 습격하던 검사와 경찰 특공대는 폭탄으로 인해 사상자가 발생했다.

"경찰이 올 걸 감안하지 않았다면 거기에 폭탄을 설치하는 미친 짓을 하지는 못했겠지."

인터넷에서 조금만 뒤져 보면 파이프 폭탄을 만드는 법이 나온다.

그리고 조사 결과, 그곳에 설치된 파이프 폭탄은 한 개가 아니라 십여 개였고 그 때문에 집의 모든 구역이 폭파 반경에 들어가서 그 안으로 들어갔던 경찰과 검사가 사망한 것이다.

"이런 놈은 제대로 미친 거야. 기본적으로 잡히는 걸 가정하고 있기 때문에 최단시간 내에 최대한 피해를 만들고 유명해지려고 하지."

그래서 미국의 방송국들은 그런 자료가 날아온다고 해도 절대 보도하지 않는다.

그저 일이 커지기 전에 재빨리 경찰에 신고해서 잡도록 한다.

그래서 그런 놈들은 방송국에서 영상을 받고 보도하기를 기다리다가 잡히는 경우가 많다.

"하지만 이미 유명해졌지. 이제 이놈은 유명세를 유지하기 위한 단계에 들어갔어. 그 말은 범행 주기가 더 짧아질 거라는 거야. 멍청한 경찰 놈들은 도대체 뭘 한 거야? 프로파일러 안 써?"

프로파일러라면 이 사실을 알고 당연히 주의하라고 했을 것이다.

"그게 말이지, 이야기를 들어 보니까 프로파일러도 필요 없다고 바로 들이닥친 건 배학준이라고 하더라."

배학준은 범인이 특정되었으니 가서 잡으면 된다고 생각하고 일단 집에 들이닥치는 걸 선택한 것이다.

물론 일반적인 경우라면 잡히거나 집이 비어 있거나 둘 중 하나였을 테지만 애석하게 이놈은 일반적인 경우가 아니었다.

"계좌를 확인해 보니까 이미 돈을 다 빼 갔고."

조종준은 모든 준비를 다 끝내 놨다.

아무리 인터넷에서 파이프 폭탄을 만드는 법을 배울 수 있다지만 그걸 실행하고 또 폭탄을 이용해서 사람을 죽이는 건 전혀 다른 문제다.

"그런데 그걸 실행했다는 건, 조종준은 죽음까지 각오하고 있다는 거지."

죽기를 각오한 놈이 얼마나 위험한지는 누구나 아는 사실이다.

더군다나 공식적으로 폭탄이 있다는 게 드러난 이상 만일 그가 발각된다면 총격전까지도 감안해야 한다.

"그 모든 걸 단순히 유명해지고 싶어서 한다고?"

"그래. 관심병이라고 생각하면 될 거야. 다만 문제는, 그게 심해지면 지금처럼 살인도 불사한다는 거지."

가장 유명한 사람 중 한 명인 헤로스트라투스는 아르테미스 신전에 불을 질러 전소시켰다.

그리고 처형 직전에 한 말이 '어차피 악행을 하려면 후세에 널리 이름을 알릴 정도의 범죄를 저질러야 한다.'였다.

당장 그 전설적인 물리학자 호킹 박사의 두 번째 와이프도 관심을 받기 위해 호킹 박사를 구타하다가 강제로 이혼당할 정도였다.

"관심을 얻기 위해서는 남의 목숨이나 자기 목숨은 중요하지 않은 거지. 당연히 그 범죄행위는 점점 더 강해질 수밖에 없어."

"아니, 이것보다 더 강해진다고?"

"역사에 이름을 남기는 게 더 중요하거든. 척 보면 모르냐? 당장 지금 검찰이 폭탄에 날아간 사건이 역사에 있었어?"

"헉!"

그랬다.

지금까지 공식적으로 한국 내부의 테러는 북한이 저지른 사건 말고는 없다고 봐도 무방하다.

원역사와 다르게 사이비 종교가 시도하기는 했지만 노형진 때문에 실패했다.

"이미 조종준은 역사에 이름을 남긴 거야."

경찰과 검찰에 폭탄을 이용해서 사망자를 만들어 낸 이름으로 말이다.

그리고 그런 놈들은 점점 더 강한 범죄를 저지르기를 갈망한다.

그래야 역사에 이름이 더 오래 남을 테니까.

"완전……."

"그래, 제정신이 아니지."

자신이 유명해질 수만 있다면 뭐든 할 수 있는 인간들.

그런 특수한 정신병을 가진 놈들은 위험하기 짝이 없다.

"그리고 멍청한 방송국이 그걸 건드린 거고."

이제 그는 잡히거나 죽기 전까지는 멈추지 않을 것이다.

절대로 말이다.

─악몽의 학살자는 오늘 백화점에 폭탄을 설치했다고 저희 방송국에 알려 왔습니다. 악몽의 학살자는 부르주아에게 경종을 울린다면서 백화점 세 곳에 총 열두 개의 폭탄을 설치했다고…….

"저런 병신 같은…….”
노형진은 방송을 보면서 이를 박박 갈았다.
결국 방송국은 조종준에게 말 그대로 조종당하기 시작했다.

─경찰에서는 모든 백화점을 비우고 폭탄 수색을 시작했으며…….

"어떻게 생각하세요?"
함께 방송을 보던 김소라가 노형진에게 물었다.
"없을 겁니다. 설사 있다고 해도 한두 개 정도가 끝일 테지요."
"역시 그렇겠죠."
김소라는 피곤한 얼굴로 말했다.
그를 잡기 위해 검찰과 경찰은 모든 능력을 총동원하고 있는 상황이다. 문제는 그들이 내부에는 철저하게 비밀로 하고 수사하고 있다는 것이다.
그동안 창피당한 게 있으니 어쩔 수 없는 선택인지도 모른다.

애초에 사건의 조사 결과는 기밀이 기본이기도 하고 말이다.

하지만 그렇다고 해도 이번에는 너무 심했다.

최소한 어디가 표적이 될지는 이야기해 줘야 하는데 그마저도 안 해 주는 바람에 온갖 곳에서 김소라에게 질문이 들어오는 것이다.

혹시나 자신들이 표적이 될까 하고 말이다.

"저희 입장에서는 아무래도 정보에 한계가 있어서 분석을 제대로 못 해 준다고 했는데도 일단 대답을 해 달라고 하니……."

"저 미친놈이 계속 협박 아닌 협박을 하고 있으니 문제이지요."

"진짜 유명해지는 걸 막을 방법이 없네요."

조종준은 영리하게 움직였다.

폭탄 테러를 통해 검찰과 경찰을 죽이고 자신에게 폭탄이 있다는 것을 입증했다. 그리고 사방에 무차별적으로 폭탄이 설치되어 있다고 방송국에 전했다.

"지금까지 이런 놈은 본 적이 없는데. 어이가 없어서 진짜."

노형진이 아는 이런 타입의 범죄자는 어떻게든 잔혹한 범죄를 저질러 자신의 이름을 널리 알리려고 한다.

사실 노형진도 이런 자를 직접 본 적은 없다. 그 또한 사례집에서 본 것이 전부였다.

"그런데 이런 식이면 못 알릴 수가 없죠."

조종준이 말한 곳에 진짜로 폭탄이 있는지 없는지는 알 수 없다.

하지만 일단 조종준이 실제로 폭탄을 터트린 적이 있으며 따라서 그가 폭탄을 가지고 있다는 건 알려져 있는 만큼, 사람들은 그의 협박에 대피하고 폭탄을 수색해야 한다.

"지금까지 몇 곳이었지요?"

"일단 비행기와 기차 그리고 지하철에, 이번에는 백화점이군요."

"미친놈 하나 때문에 나라가……."

"보통 이런 짓을 하는 놈들은 머리가 안 좋은데. 이놈은 진짜 어떻게 이걸……."

보통 이런 범죄를 하는 놈들은 머리가 좋지 않다.

그럴 수밖에 없는 게, 머리가 좋은 놈이라면 다른 방법으로 머리를 써서 유명해질 수도 있으니까.

그런데 유명해지고는 싶은데 머리가 나빠서 방법이 없으니 범죄로 빠지는 것이다.

"그런데 이제는 전국이 조종준의 이름을 다 아네요."

조종준은 절대로 정확한 정보를 주지 않는다.

그래서 비행기에 폭탄이 있다는 말에 모든 비행기를 정지시키고 스물네 시간 동안 폭탄을 수색해야 했으며, 기차에 폭탄을 설치했다는 말에 모든 기차를 점검해야 했고, 지하철에 폭탄이 있다는 말에는 아예 전국 지하철을 완전히 멈춰 버려야 했다.

결과적으로 그가 입을 나불거릴 때마다 한국의 경제가 멈춰 버리는 수준인 것이다.

"이번에는 백화점이라고 했으니……."

전국에 있는 백화점을 다 비우고 다 수색해야 한다.

"그리고 자신에 대한 수색은 체계적으로 막고 있고요."

"그러네요."

저 말 한마디에 경찰이 모두 동원되어서 수색에 들어가니 경찰 업무가 제대로 진행될 리가 없다.

"아예 없으면 모르는데."

문제는 진짜로 폭탄이 나오는 곳이 있다는 것이다.

기차에서 두 개가 발견되었고, 지하철에서 또 두 개가 발견되었다.

그런데 기차는 광주, 지하철은 부산이었다.

즉, 특정하지 못하게 하기 위해 전국을 돌아다닌다는 거다.

"도대체 어떻게 이게 가능한 거죠? 거의 도시 봉쇄 수준으로 잡고 있을 텐데."

"모르죠. 확실한 건 그가 지금 전국을 다 돌아다니고 있다는 거고, 경찰은 그를 잡을 여력이 없다는 겁니다."

일단 거의 일주일에 두 번은 폭탄 협박을 하는데 그때마다 그곳을 싹 비우고 수색을 해야 한다.

더군다나 전국의 모든 도로와 모든 장소를 거의 폐쇄 수준으로 봉하고 수색을 하고 있는 와중이다.

그러다 보니 인력이 부족할 수밖에 없다.

"심지어 군에도 도움을 요청하고 있는 걸로 알고 있는데."

봉쇄 같은 경우는 군을 동원해서 도로를 막고 경계 상태로 하고 있기 때문에 당연하게도 심각한 정체가 생긴다.

"그놈을 잡을 방법은 없는 건가요?"

"애초에 어떻게 움직이는지도 모르겠고요."

노형진은 머리를 긁적거렸다.

검찰에서는 노형진과 완전히 틀어져서 이제는 도움도 요청하지 않는 상황.

물론 노형진은 오광훈과 함께 추적하려고 했다.

"그런데 오광훈에게 협박이 들어왔다네요. 더 이상 제 도움을 받으면 무조건 잘라 버린다고."

"그러면 엄청 욕먹을 텐데요?"

"애초에 더 이상 떨어질 이미지가 있습니까?"

"아……."

노형진 때문에 검찰은 이제 조작의 대명사가 되었다.

이미지? 추락하고 싶어도 더는 추락할 곳조차 없는 지경이다.

"그럴 거면 내부의 스타 검사들을 다 자르고 검찰 내부에서 법을 주무르겠다고 하겠지요. 일단 그것만으로도 권력은 지킬 수 있으니까."

"기소 독점권, 진짜 심각한 문제네요."

검찰이 아예 막나가기 시작하자 브레이크가 없었다.

"이대로 가다가는 고문을 다시 시작할지도 모르겠네요."

"이미 때때로 할걸요."

물론 흔적이 남는 고문은 하지 않는다.

하지만 재우지 않거나 심적인 고문은 하고 있다.

물론 고문은 범죄다.

하지만 그걸 기소해야 하는 건 고문을 하는 검사다.

그러니 맘 놓고 고문해도 누가 뭐라고 못 한다.

검찰은 신체적 상해만 남지 않으면 된다는 마인드다. 어차피 해 봐야 기소를 안 하니까.

"일부 변절자들이 있기는 하지만 아마 심사 시기가 되면 내보내려고 할 겁니다."

전이라면 모르지만 검찰은 이미 이미지가 박살 났다.

그렇다면 남은 건 둘 중 하나다. 개혁 아니면 저항.

'그리고 과거의, 아니 미래의 경험을 생각해 보면 검찰은 절대 개혁을 하지 않아.'

개혁을 하려고 하면 그게 설사 대통령이라고 해도 죽이려 하는 게 검찰이다.

당장도 노형진에게 도움을 요청하지 않고 있다.

국가의 피해는 벌써 수백억 단위를 넘어가고 있는데 말이다.

"평소와는 좀 다르네요."

노형진을 바라보면서 김소라는 피곤한 목소리로 물었다.

"전에는 어떻게 해서든 범인을 잡으려고 하지 않았던가요?"

"글쎄요. 지금도 그건 마찬가지입니다. 하지만 상대방이 어떻게 움직이는지 모르는 게 문제네요."

"그게 무슨 말이지요?"

"테러의 대상이 새론이 될 수도 있단 말이죠."

김소라는 눈을 찌푸렸다.

그리고 곰곰이 생각하다가 고개를 끄덕거렸다.

"확실히…… 그렇겠네요."

지금 조종준은 경찰을 정신없게 만들고 있다.

그래서 경찰은 말 그대로 전국을 이 잡듯이 뒤지고 있다.

그런데도 안 잡히는 상황이다.

"새론에 대해 조종준이 보복하려고 한다면 도움을 받기 힘들죠."

"결국 이번 일은 검찰과 경찰이 알아서 하게 두시겠다는 거군요."

"현 상황이 그러니까요."

당장 스타 검사 출신은 단 한 명도 수사 라인에는 들어가지 못했다.

이 악물고 추적하는 상황에서 그들만 우연히 빠진다?

그건 말도 안 된다.

"자존심의 문제일 수도 있지만."

노형진은 어깨를 으쓱했다.

"법적인 한계의 문제도 있습니다."

지금까지 새론이 검찰과 함께 일할 수 있었던 것은 스타 검사를 통해 피해자들과 계약했기 때문이다.

피해자들 입장에서는 어떻게 해서든 범인을 잡고 싶어 하는 게 당연하니 새론과 계약하는 걸 꺼리지 않았다.

"하지만 이번 사건은 그게 아니라서요."

지금까지 피해자는 단 한 명뿐이다.

물론 폭탄 테러로 죽은 경찰과 검사가 있지만 그쪽은 이쪽에 의뢰를 줄 생각이 없어 보였다.

"유일한 사망자 역시 검찰 쪽에서 어떻게 했는지 모르지만 우리와 거래할 생각이 없어 보이니까요."

결과적으로 새론에서 할 수 있는 건 없다.

그저 바라보는 수밖에.

"부디 별일이 없기를 바라야지요."

노형진은 입맛을 다셨다.

⚖️

노형진은 진심으로 별일이 없기를 원했다.

조종준이 적당한 시점에 잡히기를.

하지만 노형진의 바람과 프로파일은 전혀 달랐다.

"장난해?"

오광훈은 주먹을 꽉 쥐었다.

자신의 집으로 찾아온 후배, 그 후배의 말에 분노로 손을 부들부들 떨었다.

결국 폭탄이 터졌다. 이번에는 협박도 하지 않았다.

협박만으로는 이제 그다지 위협이 되지 않는다고 생각한 것인지, 이번에는 협박 없이 터트렸다.

문제는 그 장소다.

"애들이 떼거리로 죽었어! 그런데 뭐? 추적 못 해?"

"선배, 진정해요."

"진정? 씨발, 지금 이게 진정할 일이야!"

조종준은 머리를 썼다. 뜬금없이 도로 한복판에 폭탄을 심은 것이다.

정확하게는 도로에 있는 하수구에 숨기는 형태로 폭탄을 심었다.

그리고 어린이집 차량이 그 옆을 지나갈 때 폭파시켜 버렸다.

한국의 어린이집 차량은 미국처럼 튼튼하지 않다.

그저 승합차에 노란색 칠을 한 것뿐이다.

심지어 그 폭탄 안에는 못까지 들어 있었다.

그 사건으로 인해 아이들 여덟 명이 사망하고 세 명이 생명이 위험해졌다.

그나마 운전하던 운전사는 살았지만 혼수상태.

"일이 이 지경이 됐는데 뭐? 그냥 닥치고 있으라고?"

"아이고, 선배! 선배가 자꾸 이러니까 검찰 내부에서 말이 나오는 거잖아요!"

"씨발, 그러면 제대로 일을 하든가! 지금 하는 행동이 뭔데!"

경찰부터 공익까지 모조리 총동원해서 주변을 수색하고 있다. 그런데 나오는 게 없다.

그 위치에는 CCTV도 없었다.

그래서 폭탄을 심는 장면도 찍히지 않았다.

"그리고 한다는 소리가 뭐? 전화기를 통해 터트렸다고?"

그러니 전국 어디에 있든 터트릴 수 있었으리라는 게 공식 의견이란다.

아이들이 탄 차가 지나가는 순간을 딱 노린 건지 아니면 그냥 랜덤하게 터트린 건데 하필 그 순간 그곳에 아이들이 있었는지도 알 수가 없다.

"제가 오죽하면 선배한테 몰래 왔겠습니까? 지금 스타 검사들이 죄다 나가리 된 거 모르세요?"

"내가 모르겠냐?"

"저도 죽겠어요."

후배 검사가 오광훈을 찾아온 이유는 다름 아닌 상부의 명령 때문이었다.

"어떻게 해서든 새론에 의뢰하는 걸 막으라고 오더가 떨어졌어요. 이 사실을 알고 계셔야 할 것 같아서요."

새론이 끼는 걸 막기 위해 피해자 가족들이 어떻게 해서든 새론과 접촉하는 걸 막으라는 오더가 떨어졌다는 것이다.

"피해자 가족들은 뭐래? 그냥 당하고만 있지는 않을 거 아냐!"

"일단 피해자 가족들은 멘붕 상태니까……."

"끄응."

지금 상황에서는 누구와 접촉해서 문제를 해결한다는 생각조차 못 한다. 그저 자기들을 추스르는 게 한계일 뿐이다.

'하긴 그래서 스타 검사가 필요한 거지.'

그런 사람들을 자연스럽게 유도해서 새론과의 접점을 만들어야 한다.

그런데 그게 쉽지 않다.

그래서 스타 검사가 이야기하는 것이다.

일반적으로 형사사건은 검사의 역할이 커서 변호사가 할수 있는 건 별로 없기에, 피해자 측은 그저 기다리는 수밖에 없으니까.

"하여간 그런 상황인지라 형님도 아셔야 할 것 같아서요."

오광훈은 회귀 전 폭력 조직의 리더였다.

그래서 아랫사람을 잘 다룰 줄 알아서 의외로 그를 따르는 후배가 많았다.

검찰은 절대적 위계질서를 가진다.

그건 뒤집을 수조차도 없는 질서여서 선배 검사에게 저항하지 못한다.

하지만 조폭들은 그게 아니다.

최악의 경우 후배가 반기를 들고 죽여 버리는 경우도 있기 때문에, 위계를 강조하는 만큼 관리도 해 줘야 한다.

오광훈은 그때의 경험을 토대로 후배들을 관리해서 그를 따르는 후배 검사들이 제법 많았던 것이다.

어차피 그들을 관리하는 돈은 노형진이 뒤로 조용히 건네기 때문에 부족하지는 않았다.

노형진 입장에서도 검사의 관리는 필요한 일이니까.

그래서 가끔은 이렇게 자발적으로 정보를 주는 후배도 있었다. 하지만 지금은 아무리 그렇게 좋은 모습을 보여 주려고 하는 오광훈이라고 해도 욕이 나올 수밖에 없는 상황이었다.

"젠장."

오광훈은 소파에 앉아서 한숨을 쉬다가 냉장고에서 소주 한 병을 꺼내 깡으로 들이켰다.

"너도 한잔할래?"

"다시 들어가 봐야 해요. 지금도 몰래 나온 거라. 아시죠?"

"뭐 나온 거 없어?"

"일단 대충 나온 건……."

긴 한숨을 내쉰 후배는 조심스럽게 입을 열었다.

"현재 조사한 걸로는 대략 폭탄 삼백 개 이상은 가지고 있지 않을까……."

"뭐어? 삼백 개?"

말 그대로 입이 떡 벌어질 정도의 수치다.

물론 그게 다이너마이트보다는 위력이 약한 건 사실이다. 하지만 하나하나가 수류탄 이상의 파워를 가지고 있다.

당장 이번에도 그 안에 못을 넣어서 피해를 극대화시켜 놓는 바람에 사망자가 많았다.

파편이 차를 뚫고 아이들을 덮친 것이다.

"일단 저희가 추적한 건 그래요. 그동안 구입한 물품 수량에 따라 분석한 결과예요. 비율과 배합에 따라 좀 달라질 수는 있겠지만 최악의 경우 아직 남은 게 삼백쉰 개 이상 될 수 있다고 하더라고요."

"도대체 준비를 얼마나 오래 한 거야?"

"대략 2년 이상 준비한 걸로 보여요."

그 기간 동안 몰래몰래 재료를 모으고 파이프 폭탄을 만들면서 도피 라인까지 준비한 게 분명했다.

"현금은?"

"대략 4억 정도……."

"뭐?"

이제는 아예 뒤통수를 맞은 느낌이었다. 4억이라니?

"집…… 알고 보니 팔렸더라고요."

그는 원래 부모님과 함께 살았다.

하지만 부모님이 죽은 후에 그 집을 물려받았고, 원래 부모님의 재산도 좀 있었다.

정상적으로 상속세를 냈고 얼마 전 그 집을 팔았다.

"급매로 팔았고, 며칠 후면 비워 줄 시기였어요."

"작정했네."

잔금을 다 꺼내고 그 후에 집까지 팔아서 만든 돈이 현금으로 대략 4억.

족히 몇 년은 도피 생활을 하기에 충분한 액수였다.

"저희도 그래서 머리가 아파요. 아니, 어떻게 이 모든 경계를 다 넘어 다니는지 모르겠어요."

"대포차 같은 거 없어?"

"없어요. 의심스러운 건 죄다 조사하고 있지만……."

가족, 친척, 심지어 초등학교 동창까지 모조리 조사했다.

그런데 나오는 게 하나도 없었다.

"다만 프로파일러 이야기로는 절대 멈추는 타입은 아니라고, 최악의 경우 폭탄으로 자폭할 거라고……."

"내가 몰라서 묻겠냐? 새론 쪽 프로파일러도 같은 이야기하더라."

사건에서 완벽하게 배제된 오광훈의 입장에서는 웃기게도 정보를 얻기 위해 새론의 김소라와 이야기해야 했다.

"어…… 잠시만요."

후배는 마구 울리는 핸드폰을 열고 문자를 확인했다. 그리고 한숨을 푹 쉬었다.

"하아."

"또 왜?"

"다른 협박이 도착했다네요. 이번에는 버스랍니다."

"버스? 어떤 버스? 아니, 알 수가 없겠네."

버스도 종류가 많다. 시내버스, 시외버스, 고속버스 등등. 그런데 그걸 알려 줄 범인이 아니다.

버스라는 애매한 말로 끝났고, 이제 경찰은 모든 버스를 운행 중지시키고 모조리 수색해야 한다.

"요즘 치안 상태도 개판인데."

"알아요."

전국적인 감시와 검문검색이 시작되자 가장 신난 건 도둑들이었다.

검문과 검색의 목적은 수배자 또는 의심스러운 사람을 잡는 것이다. 그런데 수배가 되지 않은 놈들은 경찰이 출동하지 못한다는 걸 알고 미친 듯이 도둑질을 하고 있었다.

당장 경찰에 신고 시에 평균 출동까지 걸리는 시간이 한 시간이라는 황당한 상황이 벌어지고 있다.

죄다 검문검색으로 빠지다 보니 정작 경찰의 기본 업무에 투입할 인원이 없었던 것이다.

"일단 제가 왔다는 건 비밀로 해 주시고."

"알았다. 걱정하지 말고 그 미친놈을 어떻게 해서든 막아."

"걱정 마세요. 형님도 조심하시고요."

일어나서 막 나가려던 후배는 울리는 전화기에 흠칫하며 화면을 확인했다. 그리고 그대로 얼어붙었다.

"뭐야? 왜 그래?"

"그…… 버스가 터졌답니다."

"뭐? 터졌다고? 아니, 위협한 지 얼마나 되었다고? 도대체 무슨 버스인데?"

"그게……."

후배 검사는 시커먼 얼굴로 말했다.

"죄수 호송 버스랍니다."

⚖

죄수 호송 버스는 보통 구치소에서 운영한다.

구치소는 미결수가 갇혀 있는 공간이고 매일같이 버스가 그런 미결수들을 데리고 움직인다.

그리고 그 버스에는 그날 재판 대상인 스물두 명의 피고인과 한 명의 운전수 그리고 두 명의 교도관이 타고 있었다고 한다.

그들은 폭발로 인해 전원 사망이라는 결과가 나왔고 한국은 말 그대로 공포로 얼어붙었다.

일반 버스도 아니고 죄수 호송 버스에 폭탄을 심어서 터트렸다. 그런데 어떻게 심었는지 알지도 못한다.

"이렇게 멍청한 짓을 언제까지 할 거야!"

새롭게 검찰총장이 된 신만용은 쾅쾅거리면서 흥분을 감추지 못했다.

"도대체 어깨 위에 있는 그건 폼이야? 어? 폼이냐고!"

"이런 타입의 범죄자는 처음인지라……."

"처음 같은 소리 하고 자빠졌네. 프로파일러는 뭐 폼이야? 그 새끼들 다 잘라! 월급 받아 처먹으면서 도대체 일도 못하고, 뭐 하자는 거야!"

"총장님, 프로파일러들은 모두 정확하게 맞히고 있습니다. 하지만 범인이 워낙 신출귀몰해서……."

그리고 프로파일러가 필요한 시점은 범인이 특정되지 않은 상황에서 범인을 특정하고 그 패턴을 분석할 때다.

"그런데 지금은 이미 범인이 특정되어 있습니다."

그리고 현재 조종준은 몸을 감춘 채 전국을 돌아다니고 있다는 것 말고는 알아낸 게 하나도 없다.

"아니, 군대까지 동원했는데 그게 어떻게 가능하냐고!"

검문검색에 군대까지 동원해서 온갖 잡범이 다 튀어나오고 있는 상황인데, 정작 조종준은 안 나온다.

"더군다나 어제 협박 봤어? 봤냐고! 나라가 통째로 망하게 생겼는데 목구멍에 밥이 넘어가, 이 새끼야!"

어젯밤 방송국으로 온 협박은 지금까지의 협박과는 전혀 레벨이 달랐다.

"두한 자동차에 폭탄을 설치했다잖아! 두한!"

자동차로 폭탄 테러를 하겠다는 게 아니다.

전국에 있는 두한 자동차에 랜덤하게 폭탄을 설치하겠다

는 거다.

그로 인해 오늘 아침 출근길은 대혼란이 왔다.

모든 사람들이 지하철로 몰렸기 때문이다.

버스도 택시도 대부분이 두한 자동차를 쓰고 있으니까.

한국에서 두한 자동차의 점유율은 70% 이상이다.

주차된 차량의 대부분이 두한 자동차고 어떤 차에 폭탄이 설치된 건지 알 수 없으니 사람들은 자기 차를 타는 것도 꺼릴 수밖에 없었다.

"물류까지 멈췄어, 이 새끼들아!"

그리고 진짜로 폭탄이 발견되었다.

대형 트럭들은 원래 차고지가 있어야 한다.

하지만 대부분의 트럭 운전수들은 차고지를 따로 두고도 거기로 가지 않는다. 대부분의 차고지 등록이 가짜인 경우가 많기 때문이다.

그래서 트럭 운전수들은 그 대신에 집 주변의 으슥한 골목이나 도로변에 차를 댄다.

그렇게 트럭을 주차해 뒀던 누군가가 출근하기 위해 갔다가 어젯밤 뉴스가 떠올라 불안감에 차를 점검하기 시작했는데, 차량의 뒤쪽 기름통에 은밀하게 감춰진 파이프 폭탄을 발견한 것이다.

당장 경찰이 출동했고 근처에 있는 차량을 모조리 뒤진 끝에 총 세 개의 폭탄을 발견할 수 있었다.

트럭에 하나, 버스에 하나, 그리고 자가용에 하나.

"지금 물류 쪽이 대혼란이라고! 이 미친 새끼들아!"

사람들은 자신이 주차해 둔 차 대신에 두한이 아닌 차량을 쓰기를 원했지만, 한국의 두한 점유율이 워낙 높아서 그게 불가능했다.

그래서 지하철로 몰렸고, 철도공사는 열차를 다급하게 추가 편성했지만 그들을 감당할 수가 없었다.

"각하께서는 당장 잡아 오라고 난리야!"

"하지만 마땅한 방법이……."

"없으면 만들어서라도 끌고 와!"

"총장님, 그건 의미가 없습니다."

만들어서 들이밀어 봐야 그놈은 계속 범죄를 저지른다.

그렇잖아도 조작한다고 소문난 상황에서 그건 검찰에게 치명타가 될 수밖에 없다.

"차라리 새론에 도움을 청하는 게……. 마이스터가 정보력 하나는 뛰어나니까……."

"안 돼!"

딱 잘라서 선을 그어 버리는 신만용.

"절대 안 돼! 내가 죽기 전에는 그 새끼들은 절대 못 봐! 알았어?"

"네."

"알았냐고!"

"네!"

"당장 가서 잡아 와!"

바깥으로 나가는 부하들. 신만용은 그걸 보고 눈을 찌푸렸다.

"개새끼들. 일도 제대로 못하고."

신만용이 짜증을 내면서 자신의 사무실로 왔을 때 그의 앞으로는 선물이 와 있었다.

"뭐야, 이건?"

"선물인데요?"

"선물?"

"네."

상자를 보니 아무래도 홍삼 같았다.

"또 누구야? 삼환산업 이철용?"

신만용은 그걸 보고 고개를 갸웃했다.

아는 사람이 아니었으니까.

하지만 그렇다고 해서 딱히 의심하지는 않았다.

그는 검찰총장이 되었고, 지금이라도 선을 넣기 위해 선물 공세를 하는 놈들은 넘치고 넘쳤으니까.

"그래도 그렇지, 이런 걸 여기로 직접 보내는 병신 같은 놈이 어디 있어?"

이런 선물은 조용히 집으로 보내야 한다.

안 그러면 구설수에 오르니까.

"그나마 비싼 놈은 아니니 다행이네."

대충 보면 한 4만 원대의 홍삼 세트다.

"별 거지 같은 게……."

그는 무심하게 그걸 열었다.

그리고 그 안에 들어 있는 걸 보고는 눈을 갸웃했다.

"뭐야? 뭔 홍삼을 처먹다 말았……."

그는 그 상자를 열면서 딸려 나온 끈을 보지 못했고, 그다음 순간 폭음과 비명이 터져 나왔다.

쾅!

"아악!"

바깥에 있던 비서는 충격에 바닥을 나뒹굴었고, 그가 정신을 차렸을 때 방 안에서는 처절한 비명이 터져 나오고 있었다.

"끄아아악!"

"병신 같은 새끼."

오광훈은 진심으로 욕이 나왔다.

신만용은 폭탄 테러를 당했다.

그리고 그걸 가한 놈은 다름 아닌 조종준이었다.

"그렇게 자존심 세우더니 뭐?"

그동안 누가 죽어도 도움을 청하지 말라던 신만용이었다.

하지만 정작 검찰총장인 자신이 당하자 다급하게 새론에

도움을 청해 보는 게 어떠냐며 오광훈을 불렀다.

물론 신만용이 시킨 건 아니다.

이미 신만용은 말을 할 수 있는 처지가 아니었으니까.

"미쳤네요."

"머리를 진짜 잘 쓴 거야."

검찰에 선물로 물건이 오는 건 이상한 일이 아니었고, 더군다나 저가의 4만 원짜리 선물이었다.

그런데 조종준은 그 허점을 이용했다.

선물로 쓸 물건의 내부를 비우고 그 안에 폭탄을 넣은 것이다. 그것도 점액 상태로 만들어 넣었기에 검찰에서 하는 엑스레이 검사에는 멀쩡한 물건으로 보였다.

"보통이라면 위력이 턱도 없을 테지만."

건물을 날린다거나 차량을 날리기에는 분명 힘이 턱도 없이 부족한 것이 사실이다.

하지만 바로 코앞에서 뚜껑을 여는 사람을 공격하기에는 충분한 위력이었다. 유리 파편은 날카롭고, 사람을 충분히 뚫고 지나갈 수도 있으니까.

그런데 진짜 문제는 유리 파편이 아니었다.

진짜 문제는 액체 상태로 되어 있던 폭탄이었다.

그것이 터져 나가면서 신만용에게 뒤집어씌워졌고 그 때문에 그는 전신에 심각한 화상을 입었다.

"전신에 3도 화상, 거기에다가 눈도 멀었다고 하네요."

후배는 뒤숭숭한 분위기를 전하며 말했다.

"다른 사람도 아니고 검찰총장이 그 꼴을 당하니까 검사들이 난리가 났어요. 당장 경찰들에게 택배 안을 확인시키려고 성화예요."

"뭔 병신 같은 소리야? 그랬다가 지금 검찰하고 경찰 사이가 완전히 틀어진 거 몰라?"

애초에 지난번 공격에서도 경찰을 이용해서 자기 가족만 지키는 데 혈안이 되어 있었던 검찰이다.

그 때문에 사이가 완전히 틀어져서, 지금도 경찰은 검찰이라고 하면 이를 박박 갈고 있다.

그런데 검찰 대신 택배를 뜯어 주는 사람이 되라니.

"그건 완전히 대신 죽으라는 소리잖아?"

물론 똑같은 공격이 들어올 가능성은 높지 않다. 그럼에도 문제가 되는 건, 검찰이 경찰을 어떻게 보는지 그 말에서 알 수 있기 때문이다.

자기 대신에 죽어도 상관없는 인간.

"병신 같은 놈들을…… 하아."

오광훈은 머리를 흔들었다. 어찌 되었건 가장 결사반대하던 놈이 반쯤 죽어 나자빠진 덕분에 새론이 들어오기는 했지만 사실 해결할 수 있을지는 모를 일이었다.

"일단 시도는 해 봐야지, 시도는."

방법이 그것 말고는 없었다.

추적 개시

"흠……."

노형진은 그동안 비밀로 되어 있던 자료를 받아 들었다.

관련 사건들과 또 그 증거들이었다.

"그런데 마땅한 게 없네요."

"애초에 놈이 워낙 치밀하게 준비를 한 터라……."

준비 기간만 2년. 그사이에 범인은 모든 것을 준비했다.

파이프와 장비 등 폭탄을 만드는 데 필요한 재료를 조금씩
구입했다.

"완전히 남은 게 없는데."

노형진은 집 안을 보면서 한숨을 쉬었다.

폭탄에 완전히 불타 버린 실내에는 거의 남은 게 없었다.

설치된 폭탄이 한두 개가 아닌지라 건물도 거의 형태만 남은 상태.

"남은 정보는 없나요?"

"없더군요."

하긴 제대로 준비했다면 모든 걸 소각 처리하고 다른 사람들이 알아내지 못하게 했을 게 뻔하다.

'애초에 빨리 좀 이야기해 줬으면 좋았을 것을.'

정작 자신들이 표적이 되고 나서야 다급하게 도움을 요청한 검찰을 생각하던 노형진은 고개를 절레절레 흔들었다.

'사이코메트리도 힘들고.'

거의 모든 물건이 다 타 버렸다.

그나마 남은 것도 검찰에서 증거라고 싹 쓸어 갔기 때문에 집에서 기억을 읽을 만한 물건은 전혀 없었다.

"또 새론이야?"

"씨발, 우리가 어쩌다."

노형진은 뒤에서 구시렁거리는 검사들을 보고 피식 웃었다.

'뭐, 예상은 했다만.'

자신들의 무능이 자꾸 드러나는 상황이니 새론에 계속 지는 검찰 입장에서는 새론이 좋게 보일 리가 없었다.

특히나 정치 검사들의 입장에서는 아주 철천지원수나 다름없는 상황.

"떠들려면 잘 보이는 곳에서 떠들어 주세요. 그래야 모욕으로 정식 고발하지요."

노형진의 말에 뒤에서 구시렁거리던 검사들은 다급하게 현장을 떠났다.

"도대체 왜 온 거랍니까?"

노형진이 한숨을 쉬며 묻자 그를 데리고 온 검사는 머리를 긁적거렸다.

"뭐라도 하나 건지고 싶은 거죠, 뭐."

"뭐라도 하나 건져요?"

"이 상황에서 조종준을 잡으면 영웅이 되는 건 순식간이니까요."

"고작 그런 이유로 여기로 와요?"

그러니까 노형진이 여기서 뭔가를 찾아내면 그걸 꿀떡하기 위해 왔다는 소리다.

"멍청한 놈들. 그러니까 범인을 못 잡고 있지."

노형진은 고개를 흔들며 무너진 집에서 나왔다.

"다른 증거가 있는 곳으로 가지요. 여기에는 마땅한 게 없으니까."

안내를 담당하게 된 젊은 검사는 고개를 끄덕거리면서 노형진을 데리고 증거가 있는 곳으로 향했다.

그곳에 가 보니 오광훈이 먼저 와서 기다리고 있었다.

"어쩐 일이야?"

"나도 이번 사건에 끼니까 당연히 와서 확인해 봐야지. 나도 증거 확인은 못 했다."

"사진은?"

"사진이야 봤지만, 뭐 의미가 있냐?"

"하긴."

사진이 아무리 잘 찍힌다고 해도 실물을 보는 것만 못할 수밖에 없다.

"같이 들어가시죠."

"그렇잖아도 그럴 거다."

오광훈과 함께 증거실로 들어가는 노형진.

그곳에는 어마어마한 양의 증거가 쌓여 있었다.

"이쪽이 각 범죄 현장에서 나온 증거입니다."

"그래요?"

노형진은 슬쩍 파편 하나를 꺼내서 집어 들었다.

하지만 파편에는 기억이 없었다.

그 말은 범인이 이 폭탄을 만들 때 장갑을 끼고 있었을 가능성이 크다는 거다.

'아니, 당연한 건가?'

일단 지문이 남을 수도 있고, 폭탄을 만들 때는 뭐든 조심해야 한다.

그가 멍청하게 맨손으로 뭔가를 만들었을 가능성 자체는 높지 않다.

"집에서 나온 건 이 정도인가요?"

"네. 대부분이 전소되어서요."

애초에 집도 팔린 후였고 그래서 짐 자체도 많지 않았다.

팔 수 있는 건 다 팔고 그걸 현금으로 챙겨서 도피 자금을 확보한 후였기 때문이다.

"그래서 저희도 딱히 방법이……."

노형진은 뒤에서 사람들의 말을 들으며 증거물들을 이리저리 뒤적거렸다.

'기억이 남은 게 없어. 폭탄에 기억이 날아가는 건 아니니 그 집을 거의 쓰지 않았다는 거네.'

그 말은 진짜로 작업한 공간은 따로 있었다는 거다.

그러니 그곳에 은신해 있을 가능성이 크다.

"흠……."

노형진은 남은 증거를 뒤적거리다가, 반쯤 타다 만 책들 중 하나를 집어 들었다.

"뭡니까, 이건?"

"거기에 있던 책입니다. 생각보다 여러 종류의 책들이 많더군요."

"이상하네요."

"뭐가요?"

"대부분의 사람들이 책이라는 건 필요에 의해 사거든요."

뭔가를 배우고 싶거나 관심이 생겼거나 보고 싶은 책이 있으면 사기 마련이다.

"그런데 이 책은 아무리 봐도 관심이 있어 보이는 종류는 아닌데."

노형진은 거의 타 버린 책을 뒤적거리며 말했다.

"그 책이 뭔데?"

"응? 수화 책이야."

"수화?"

"그래, 수화. 손으로 대화하는 방법."

수화란 말을 하지 못하는 사람들이 대화할 때 손으로 서로의 의견을 주고받는 것을 말한다.

물론 대부분의 일반인들은 그걸 모른다.

일부 자원봉사자들이나 장애인들의 가족은 배우기도 하지만 말이다.

"내가 알기로는 집안에 장애인이 없다고 들었는데."

"뭐, 어쩌다 쌓여 있는 걸 수도 있는 거 아냐?"

"그건 그런데……."

노형진은 그걸 보고 있다가 다른 증거들을 확인했다.

거의 대부분의 물건이 타 버려서 남은 건 별거 없는 상황.

"립스틱? 사귀는 여자가 있었던가?"

"글쎄요. 전화 추적 기록으로는 없는 걸로 나왔습니다. 그리고 이런 미친 짓을 준비하면서 여자를 사귈까요?"

"그렇긴 하지……."

립스틱을 바닥에 내려놓고 다시 증거를 힐끔 보던 노형진의 머릿속에 순간 번쩍하고 뭔가 떠올랐다.

"잠깐만, 이거 수화 책이…… 이거…… 다른 건 없나요?"

"네?"

"아니, 이거 보니까 초급인 것 같은데……."

"다른 건 대부분 타 버려서……."

남은 게 없는 상황.

노형진은 그 책을 뚫어지게 바라보다가 다시 립스틱을 바라보았다.

그리고 입을 열었다.

"조종준의 사진 있습니까?"

"조종준의 사진이야 당연히 있지요."

검사는 사진을 한 장 꺼내서 건넸고, 노형진은 그걸 보다가 입술을 깨물었다.

"선이 상당히 가는 편이네요."

"전형적인 꽃미남 스타일입니다. 인기도 많았을 텐데 왜 범죄자가 된 건지 모르겠네요."

"중요한 건 그게 아니죠."

노형진은 고개를 흔들었다.

자신도 모르게 머릿속에 스치고 지나간 것. 수화 책과 립스틱.

"혹시 말입니다, 조종준에게 남매가 있었습니까?"

"남매요? 있었지요. 이란성쌍둥이였거든요."

조종준에게는 여자 쌍둥이가 한 명 있었다. 그러나…….

"사고로 죽었지요."

사고는 이루 말할 수 없이 비참했다.

그 당시에 조종준은 군 생활 중이었는데 가족들이 그의 면회를 왔다가 돌아가는 길에 교통사고로 인해 사망했던 것.

"프로파일러의 말로는 그게 그가 미친 이유가 되었다고 생각한답니다."

가족들이 죽고 나서 누구도 오지 않는 그런 상황이 되어 버리자 남에게 잊히는 것을 감당하지 못하고 유명해져야 한다는 일종의 강박관념이 생겨 버린 것 같다는 것이다.

"그리고…… 이건…….."

노형진은 한숨을 푹 쉬며 말했다.

"그런데 이 책을 보고 아무런 말 안 하던가요?"

"프로파일러들이요? 그 사람한테는 안 보여 줬는데요."

"네?"

"그다지 중요한 증거도 아니고."

노형진은 머리를 부여잡았다.

중요하고 중요하지 않고의 문제는 검사들이 판단할 게 아니다.

작은 수저 하나에서도 의미를 찾는 게 프로파일러들이다.

그런데 의심스러운 자료만 넘겼으니 당연히 제대로 분석이 될 리가 없다.

"상황을 봐서는 그 사건으로 인해 눈 뒤집어진 건 알겠는데, 프로파일러들을 뺀 탓에 일이 이 지경이 된 겁니다."

"네?"

"수화 책과 립스틱. 이게 뭘 뜻하는지 모르겠습니까?"

노형진은 고개를 흔들며 말했다.

"조종준이 이동할 때 여장을 할 가능성이 높다는 겁니다."

"뜬금없이 웬 여장요?"

"누가 봐도 완벽하게 여장을 했다면 과연 걸리겠습니까?"

"으음……."

검사들은 아차 싶었다.

사방에 단속하면서 조종준의 사진을 뿌렸지만 당연히 그 사진은 남자다.

즉, 여자들에 대해서는 제대로 확인이 이루어지지 않았을 것이다.

"하지만 그래도 목소리가 다르잖아? 목의 아담즈 애플이야 어떻게 화장으로 감출 수 있다지만."

오광훈은 말도 안 된다는 듯 말했다.

그러자 노형진은 거의 타 버린 수화 책을 흔들었다.

"농아라고 하면 그만이지."

"뭐? 농아?"

"그래. 말 못하는 사람 말이야. 장애인 등록증은 위조 방지 장치가 복잡하지 않아. 그러니까 위조하는 건 어렵지 않다고."

"설마……!"

"그래. 설마가 사람 잡지."

대중교통을 이용하다가 검문에 걸린다고 해도 여자다.

더군다나 말도 못하는 장애인 여성에 대해 경계를 하는 사람은 없다.

하물며 능숙하게 손짓하면서 자신이 농아라는 점을 어필하고 위조된 장애인증을 내민다면?

"누가 그 사람을 계속 바라볼까?"

아마도 거의 모든 사람들이 미안하다고 하면서 신분증을 돌려줄 것이다.

"검문검색을 하는 사람들이 과연 장애인을 거칠게 대할까? 그것도 여자를?"

검문이라고 해서 모든 사람들의 주민등록번호를 확인하진 않는다.

검문에 들어가면 일단 외부적으로 의심스러운 사람을 살핀 후에 그 사람에게 신분증을 요구하는 형태로 검문이 이루어진다.

"그런데 여자란 말이지."

당연히 신분증을 요구하지는 않을 것이다.

설사 신분증을 요구한다고 해도 그녀가 내미는 것은 장애인 등록증.

"그걸 건네면 보통 사람들은 그냥 넘어가지."

엄밀하게 말하면 장애인 등록증은 신분증이 아니다.

하지만 현실적으로 대부분의 사람들은 장애인이라고 하면 그냥 넘어가는 성향이 있다.

"어……."

옆에서 노형진의 설명을 듣던 검사는 한 방 먹은 얼굴이 되었다.

그건 진짜 생각도 못 한 부분이었으니까.

"다른 성별로 변장하는 건 오래된 수법인데."

그나마 그때는 화장 기술이 발달하지 않았던 시절이다.

하지만 인터넷에서 화장하기 전과 후를 보여 주는 영상을 찾아보면 알겠지만, 제대로 화장을 하면 남자가 여자로 변하는 건 어려운 일이 아니다.

심지어 인공적으로 턱의 V 라인까지 만들어 낼 수 있으니까.

"허허헛."

"지금이 무슨 조선 시대도 아니고, 그냥 여자 옷 입고 여장했다고 하지는 않을 거 아닙니까?"

노형진의 말에 오광훈은 고개를 끄덕거렸다.

"그런 거라면 분명 가능하겠어. 신분증은 죽은 쌍둥이의 신분증이 있을 테니까."

이란성쌍둥이이니 영 딴판으로 생겼을 수도 있지만 기본적으로 부모가 같은 남매이니만큼 비슷할 가능성도 크다.

비슷한 본바탕에 정교한 화장법을 구사한다면 거의 똑같은 얼굴을 만들어 내는 것도 불가능하지는 않았을 것이다.

"장애를 가진 여성에 대해 주민등록번호 검색을 하지는 않을 테니까."

그러니 이 사람이 사망자라는 것도 알 수 없었을 것이다.

"애초에 전혀 다른 성별만 찾고 있었으니 당연히 못 찾지요."

"미친⋯⋯."

지금까지 검찰들은 전혀 생각하지 못하던 부분을 날카롭게 짚고 들어오는 노형진의 말에 검사들은 입술을 깨물었다.

자신들이 완전히 농락당한 기분이었다.

아니, 농락당한 게 사실이었다.

"당장 수사를 진행하세요. 무조건 범인을 특정해야 합니다."

"하지만 여자로 변장하고 있으면 어떤 모습일지⋯⋯."

"뻔한 거 아닙니까? 지금까지 그 이야기를 했잖아요?"

쌍둥이의 신분증을 이용하기 위해서는 당연히 그녀와 비슷하게 변장해야 한다.

그게 더 쉽고 말이다.

"그 쌍둥이 사진을 뿌리세요. 주변을 검색하면 분명 나올 겁니다."

노형진은 다급하게 말했고 검사들은 번개같이 그곳에서 튀어 나갔다.

"찾았습니다. 그 여자가 혼자서 투숙한 적이 있답니다."

"부산도 찾았습니다."

노형진의 예상은 맞아떨어졌다.

남자가 아니라 여자.

죽은 그 여자의 사진을 들고 사건 현장 주변을 수색하기 시작하자 그녀가 지낸 모텔들이 나타나기 시작한 것이다.

지금까지 남자만 죽어라 찾았던 곳들이었기에 몰랐던 것.

그리고 최종 정보는 검문소에서 터졌다.

"이 여자, 오늘 아침에 서울로 들어왔는데요."

"뭐?"

오광훈은 검문소에서 대답하는 경찰에게 다급하게 물었다.

"그게 무슨 소리야? 지금 서울로 들어왔다고?"

"네. 특이 사항은 없었습니다만……."

말을 하던 경찰은 말을 흐렸다.

그녀가 추적 대상이 되었다는 점에서 이미 그녀의 등장 자체가 특이 사항이라는 소리니까.

"어디로 간다거나 하는 말은 없었어?"

"그런 건 없었습니다. 애초에 말도 하지 못하고, 신분증도 확인했고."

장애인증을 가진 벙어리.

하지만 벙어리라고 해서 운전을 못하는 것은 아니기에 장애인증을 확인하고 그냥 서울 시내로 들여보냈던 것이다.

"이런 미친 새끼!"

멱살을 잡아 올리는 오광훈.

그런 오광훈을 노형진이 말렸다.

"어쩔 수 없었을 거다. 지금 이 판국에 저 사람이 뭘 알고 막을 수 있었던 것도 아니잖아."

그 말에 오광훈은 고개를 돌려 길게 늘어서 있는 차량들을 바라보았다.

서울로 들어가는 모든 입구는 현재 검문검색을 강화한 상황이었다.

그런데 문제는 아무리 열심히 검문하고 빨리 보내려고 한다고 해도 정체가 해결되지 않는다는 것이다.

그렇잖아도 상습 정체가 벌어지는 서울 진입로다.

그런 상황에서 검문검색을 심하게 하면 그만큼 정체가 심해진다.

"트렁크도 안 열어 본 거야?"

"트렁크는 열어 봤는데 옷 가방밖에 없더라고요."

"옷 가방?"

"네. 스마일웨딩이라는 이름이 적혀 있었는데……."

그녀는, 아니 조종준은 자신이 스마일웨딩에서 일하며 신부에게 촬영을 위한 웨딩드레스를 가져다주는 중이라고 했다고 한다.

핸드폰의 메모장을 이용해서 해 준 말이었다.

"그건 건들기가 참 애매하지."

결혼식 사진을 촬영하려고 하는데 구겨진 옷을 입고 촬영하고 싶어 하는 사람은 없다.

당연히 그 옷을 다 꺼내서 펼쳐 확인해 볼 수도 없는 노릇이다.

그러니 옷 가방 위에 드레스 하나를 올려 두고 아래는 다른 걸로 채운다면 보통은 그냥 넘어갈 수밖에 없다.

의심스러운 것도 아니고, 누가 봐도 수배 대상과는 전혀 다르니까.

"잠깐만."

노형진은 인터넷에 검색해서 스마일웨딩이라는 곳을 찾아 전화했다.

그리고 이내 똥 씹은 얼굴로 다가왔다.

"스마일웨딩이라는 곳은 분명 존재해. 하지만 오늘 서울에서는 촬영이 없다네."

즉, 그놈은 분명 조종준이라는 소리다.

"돌겠네. 그 가방 사이즈가 얼마나 돼?"

"어…… 한 이 정도?"

대충 사이즈를 표현하는 경찰을 보고 두 사람은 말문이 턱

막혔다. 폭탄이 백 개는 들어갈 수 있을 듯한 엄청난 크기였으니까.

하긴 웨딩드레스를 안 구기려면 최대한 큰 가방에 조심스럽게 넣어야 할 테니 당연한 일이다.

"망할. 모든 경찰들 다 불러들여! 모든 장소에 대해 검문 검색을 강화한다."

검찰들은 다급하게 움직이기 시작했다.

노형진은 그걸 보다가 오광훈을 끌고 어디론가 향했다.

"우리는 따로 추적하자."

"어디로 갈 줄 알고?"

"그러니까 찾아봐야지. 지금 저 경찰들, 미친 짓 하고 있는 거야. 무슨 소리인지 알지?"

"미친 짓? 하긴, 알 것 같다."

지금 조종준은 목숨을 걸고 범죄를 저지르고 있다.

오직 유명해지고 싶다는 이유 하나 때문에 말이다.

그런데 경찰과 검찰이 우르르 몰려든다면 놈은 과연 어떻게 할까?

폭탄을 가진 그 미친놈이 '아이고, 죄송합니다.'라고 하면서 항복할까? 아니면 그 폭탄을 들고 자폭할까?

"전에도 말했지만 조종준은 이미 살 생각이 없어."

그는 교통사고로 모든 것을 잃어버렸다.

오로지 자신의 이름을 남긴다는 목적만으로 움직이고 있

는 상황이다.

"이미 서울로 들어간 지 오래된 상황이야. 아침에 들어갔다고 하니 못해도 여덟 시간은 지났지."

그 말은 이미 준비가 다 끝났을 가능성이 높다는 거다.

그리고 그 정도 폭탄을 가지고 갔다면 절대 작은 사건은 아닐 것이다.

"우리가 먼저 그를 잡아야 해."

노형진의 말에 오광훈은 고개를 끄덕거렸다.

"그러면 그놈을 잡으러 가자고. 어떻게 잡아야 하지?"

"일단은 그놈이 사건을 크게 벌일 만한 곳을 찾아봐야지."

폭탄을 무려 백 개 가까이 챙겨 간 것으로 생각되는 상황이다. 그런 상황이라면 절대 작은 사건은 아닐 것이다.

"지금까지 폭탄을 쓴 건 많아 봐야 일곱 개 정도였어."

그 정도만 해도 공포를 만들기 위해 충분한 양이었고, 실제로 이제는 대한민국에서 조종준을 모르는 사람은 없었다.

"그런 놈이 백 개나 되는 폭탄을 한꺼번에 쓴다? 그러면 이만저만 큰 사건을 저지를 게 아니라는 것쯤은 바보라도 알 수 있지."

문제는 그게 어딘지 알 수가 없다는 거다.

엉뚱한 곳을 뒤지면 그 피해는 이루 말할 수 없이 커질 수밖에 없다.

"건물 같은 걸 무너트리는 게 목적이 아닐까?"

"그건 아닐 거야."

파이프 폭탄은 폭발력이 아니라 살상에 중점이 있는 폭탄이다.

백 개라는 숫자가 많은 것은 사실이나 그건 건물을 무너트리기에는 턱도 없이 부족하다.

"진짜 다이너마이트라고 해도 백 개 가지고 건물은 못 무너트려. 아마도 최대한의 인명 피해를 입힐 수 있는 최적의 장소를 찾을 거야."

"최대한의 인명 피해를 입힐 수 있는 최적의 장소?"

"그래. 사람들의 눈을 피할 수 있으되 또 사람들이 신경도 안 쓰는 그런 장소 말이야."

노형진의 설명에 오광훈의 목소리가 떨렸다.

"하지만 그런 장소는……."

한두 곳이 아니다.

백화점도 될 수 있고 야구장이나 어디 쇼핑센터도 가능하다.

"그런 식이면 찾는 게 사실상 불가능한 거 아냐?"

"그러니까 답답한 거야. 도대체 어디로 갈지 알 수가 없으니까."

움직이는 것도 결국 목표가 있어야 하는 거니까.

"사람들의 기억에 남아야 한다라……."

너무나 변수가 많아서 도무지 감이 안 잡히던 그때였다.

"그거…… 혹시 놀이동산 아닙니까?"

검문을 하던 경찰이 새파란 얼굴로 말했다.

"놀이동산요?"

"네. 놀이동산에…… 애엄마가 오늘 애들 데리고 놀러 간다고 했는데……."

노형진은 정신이 번쩍 들어 날짜를 확인해 보았다.

"부처님오신날. 젠장!"

"부처님오신날? 그게 놀이동산이랑 무슨 관계가 있는데?"

부처님오신날은 어린이날과 더불어서 놀이동산이 가장 붐비는 날 중 하나다.

아무래도 어린이날에는 놀이동산에 사람이 많은 게 당연한 일인지라 그날을 피해서 부처님오신날에 놀이동산에 가는 사람들이 많기 때문이다.

"나도 내 친구가 놀이동산에서 일해서 알아."

어지간한 주말과는 비교도 할 수 없을 정도로 사람들이 넘치는 날. 그게 바로 부처님오신날이다.

"백 개……. 숫자가 엄청나게 많지."

"하지만 그걸 어디다 두려고!"

노형진은 다급하게 달려가기 시작했다.

"놀이동산은 사방에 쓰레기통이 널리고 널렸다고!"

그 안에 한두 개씩 폭탄을 넣어 두고 주변에 사람이 몰렸을 때 터트린다면?

이루 말할 수 없이 큰 피해가 발생할 것이다.

"더군다나 서울 시내에 있는 놀이동산이 한 곳밖에 더 있어?"

그곳은 입구가 한정되어 있다.

만일 내부에서 폭탄 테러가 터진다면?

아마 수많은 사람들은 입구로 몰릴 것이다.

"이런 미친!"

그제야 오광훈은 소름이 돋았다.

그도 놀이동산은 가 봤다.

그곳은 그 구조상 사람들이 한꺼번에 나가려 들면 입구에서 정체가 생길 수밖에 없다.

그리고 나가면서 쓰레기를 버리는 사람이 많기 때문에 입구 쪽에 적지 않은 양의 쓰레기통이 있다.

"만일 그 점까지 생각했다면……."

아마도 입구 쪽 쓰레기통에 폭탄을 설치했을 테고, 내부에서 폭탄 테러를 일으킨 후에 입구에 사람이 몰리면 그걸 폭발시키는 게 목적일 가능성이 높다.

"그러면…… 피해가……."

못해도 몇천 명은 나올 것이다.

특히나 아이들이 많을 테니 그 정신적 충격 또한 이루 말할 수 없을 테고…….

'역사에는 확실하게 이름이 남겠지.'

지금까지 놀이동산을 폭탄 테러의 대상으로 삼은 놈은 없으니까.

정치적 신념의 폭탄 테러범들은 상징적인 곳을 좋아하는데 놀이동산은 어떠한 상징성도 없기 때문이다.

더군다나 놀이동산 테러라면 아이들을 노리는 행동이다.

아무리 정치적 문제라고 해도 아이들을 노리는 순간 전 세계적으로 지탄받고 어떤 인정도 받지 못하기 때문에, 놀이동산은 정치적 테러의 대상으로는 부적절했다.

하지만 조종준은 오로지 유명해지는 것이 목적이다.

그리고 놀이동산이라면…….

"세계적으로 뉴스가 나가겠지."

지금이야 한국에서나 유명한 미친놈이지만 이건 진짜 전세계 뉴스에 나갈 만한 일이다.

"당장 놀이동산 측에 전화해서 감시 확인하라고 해!"

노형진의 차는 무서운 속도로 놀이동산을 향해 달렸다.

"아, 씨발. 뭐? 한 시간?"

불행히도 놀이동산에 가는 건 쉽지 않았다.

얼마나 정체가 심한지 주변에서 차들이 꼼짝도 하지 않았기 때문이다.

"내비로 한 시간이다. 그 이상 걸릴 수도 있어."

"그럴 시간이 없는데."

노형진은 시계를 바라보았다.

이미 상당한 시간이 지났다.

조금 있으면 놀이동산이 닫을 시간이다.

그때 터트린다면 원래 나가려던 사람들과 대피하는 사람들이 뒤섞여서 아주 대혼란이 일어날 것이다.

"헬기를 동원해서라도 폭발물 처리반을 나르라고 해."

"당장 대피시키는 게 좋지 않을까?"

"그래야 하는데……."

문제는 놀이동산이라는 게 다중 이용 시설이라는 거다.

그래서 그놈이 거기를 골랐을 것이다.

피해자인 척 섞여서 탈출하면 절대 못 잡을 테니까.

거기에다 놀이동산은 의외로 웨딩 촬영이 많이 진행되는 곳이기도 하다. 당연히 그 가방을 가지고 간다고 해서 의심하는 사람도 없을 것이다.

"대피는 방송으로 해야 하잖아! 그놈이 진짜 귀머거리는 아니잖아!"

당연히 방송을 듣는 순간 바로 작전을 시행할 것이다.

그래야 제대로 할 수 있을 테니까.

"하지만 아닐 수도 있고."

"아니면 좋겠는데. 일단 편법이라도 쓰자고."

"편법?"

노형진이 어디론가 전화했고 잠시 후 그 퀵법이 도착했다.

"퀵?"

"그래. 퀵 서비스는 말 그대로 빠르게 움직일 수 있으니까."

노형진은 그대로 차를 버리고 퀵 오토바이를 타고 과감하게 액셀을 밟아 놀이동산으로 내달렸다.

그리고 마침내 놀이동산에 도착했을 때, 그는 근처에서 달려온 경찰들의 분위기가 이루 말할 수 없이 살벌한 것을 느낄 수 있었다.

"폭탄입니다."

아니길 바랐지만 애석하게도 그런 희망은 사라졌다.

쓰레기통에서 발견된 파이프는 누가 봐도 폭탄이었다.

"망할 새끼."

신문지로 싸여 있던 비닐봉지.

그 안에는 못과 나사와 함께 폭탄이 들어 있었다.

그야말로 살상력을 극대화한 형태.

"이게 어디서 나온 겁니까?"

"청소하던 직원이 발견한 겁니다."

"의외군요, 발견이 쉽지 않았을 텐데."

"우연이었지요."

놀이동산에 쓰레기가 많기는 하지만 그렇다고 해도 쓰레기 자체의 무게는 얼마 되지 않는다.

대부분이 거기서 먹는 간식의 껍데기나 플라스틱이기 때

문이다.

"그중에서도 특히 자주 차는 곳이 있기 마련이지요."

그래서 청소 담당 직원은 그곳을 자주자주 비운다.

그 안에 있는 쓰레기봉투를 통째로 꺼내는 형태이기 때문에 비우는 게 어려운 건 아니니까.

"그런데 유독 무겁기에 이상하다고 생각했답니다. 그래도 가끔 가정용 쓰레기를 가져다 버리는 사람이 있어서 그러려니 했는데……."

그러다가 비상이 걸려서 직원들에게 비상사태가 선포되고 경고가 들어가자 그 담당 직원은 그걸 떠올려 내 이야기했던 것.

"쓰레기장을 뒤지니 이런 게 나오더군요."

"이런 거라면 살상 거리가 거의 50미터는 나오겠군요."

"50미터요?"

얼굴이 핼쑥해지는 놀이동산의 직원.

"쓰레기통이 100미터 간격으로 놓여 있는데요?"

그 말은 제대로 타이밍만 맞추면 거의 전역을 폭발 반경 안에 넣을 수 있다는 것이다.

"당장 회수해야 합니다. 그래야……."

"그만두세요. 그랬다가 범인이 알아 버리면요?"

"큭."

그 말에 직원들과 경찰들은 움찔했다.

"우리는 그 사람의 위치도 모릅니다. 만일 우리가 쓰레기통을 모조리 수거하는 걸 보면 당장 터트릴 겁니다."

그러면 그걸 수거하던 사람들뿐만 아니라 다른 사람들도 다친다.

"그러니 절대 우리는 조종준에게 걸려서는 안 됩니다."

"하지만 그놈을 어떻게 잡으란 말입니까?"

"직원을 이용하지요."

"직원?"

"네. 직원들에게 핸드폰이 있잖아요."

직원들 각자의 핸드폰으로 사진을 발송해서 그 사진으로 추적하게 하면 된다.

"놀이동산은 직원들이 없는 곳이 거의 없지요."

보이는 곳은 놀이기구와 식당 정도이지만 보안과 청소를 담당하는 직원들은 끊임없이 돌아다니면서 현장을 확인한다.

"하지만 사람이 얼마나 많은데 그 안에서 범인을 찾는단 말입니까?"

"사람은 많습니다. 하지만 그놈은 반대로 사람을 피해 다닐 테니까요. 오늘은 부처님오신날입니다. 오늘 같은 날 놀이동산에 오는 사람이라면 뻔하지 않습니까?"

당연히 가족이나 친구들이다. 아니면 커플이든가.

"오늘 같은 날 혼자서 돌아다니는 여자는 거의 없을 겁니다."

더군다나 백 개 가까운 폭탄을 들고 다니려면 캐리어나 기타 물건을 같이 가지고 다녀야 하는데, 여자 혼자 그런 걸 들고 다니는 건 절대 쉽지 않다.

"청소와 보안 직원들이 돌아다니는 건 어색한 게 아니죠."

"으음……."

"찾아서 제압하라는 게 아닙니다. 일단 찾으면, 그 이후에는 우리가 알아서 하지요."

노형진의 말에 직원은 고개를 끄덕거렸다.

⚖

"찾았답니다."

그렇게 조종준을 찾기 시작한 지 20분.

생각보다 빠르게 범인을 찾을 수 있었다.

"손으로 끄는 시장 가방 같은 걸 가지고 있다고 합니다. 사람이 별로 없는 곳에서 쉬고 있다고 하더군요."

"용케도 안 걸렸네요."

"생각보다 그런 걸 가지고 다니는 분들이 많습니다."

놀이동산에 오기 위해서는 필요한 게 많다.

일단 내부에 식당도 부족하고 가격도 비싸기 때문에 도시락을 싸서 오는 경우도 많고 말이다.

"거기에다 아기라도 있으면 온갖 물건이 다 필요하거든요."

그래서 젊은 엄마들은 그런 물건들을 아예 싣고 끌고 다니기 위해 그런 가방을 가지고 오는 경우도 있다고 한다.

"아마 대부분의 직원들은 젊은 엄마라고 생각한 모양이더군요."

하지만 구석에서 그걸 가지고 쉬고 있으니 눈에 띄는 건 어쩔 수 없다.

그런 가방을 끌고 다니는 사람들은 대부분 아이가 있는데, 범인에게는 아이가 없어 보이니까.

아이가 크다면 아예 그런 가방을 가지고 오지도 않았을 테고 말이다.

"그러면 가서 바로 체포하면 됩니까?"

"그건 안 됩니다."

노형진은 이미 해체된 폭탄을 바라보며 말했다.

"이건 원격으로 작동하는 물건입니다. 만일 이상 징후를 느끼면 바로 터트릴 수도 있습니다."

"그러면…… 그냥 쏴 죽여 버리면 안 되나?"

"물론 마음 같아서는 그러고 싶은데."

수십 명을 죽인 살인마를 죽여 버리는 건 누구나 동의할 것이다.

"하지만 법이라는 게 그런 게 아니니까."

재판을 해서 그의 죄가 인정되어야 사형을 진행할 수 있다.

물론 사형이 안 될 거야 뻔하지만, 최소한 사형을 선고받도록 할 수는 있다.

"그러니 우리가 어떻게 해서든 잡아야 해."

"하지만 쉽지는 않을 것 같은데."

그는 잔뜩 경계하는 중이다.

CCTV로 확인하니 주변에 누군가 다가오는 기척이라도 보이면 움찔하면서 자리를 옮기고 있다.

"애들을 데리고 가서 가족처럼 접근할까?"

"뭔 말 같지도 않은 소리야? 애를 방패로 쓴다는 소리를 들으려고?"

물론 애가 있는 가족이라면 분명 적대하거나 의심하지는 않을 것이다.

하지만 그런 일에 애를 이용했다고 하면 설사 단군 할아버지가 오더라도 가루가 되도록 까일 수밖에 없다.

"방법이 없는 건 아닌데 시간에 맞춰서 올지가 문제지."

"시간?"

"전파방해를 준비하고 있어. 아마 지금쯤 설치가 끝났을 거야."

"전파방해? 아하!"

전파방해는 말 그대로 주변에 무차별적으로 전파를 발산하여 통신을 방해하는 장비다.

이미 조종준이 설치한 폭탄을 확인해 무선 신호도 확인했으니 당연히 신호가 전달되는 것만 막으면 어느 정도는 테러를 막을 수 있다.

"그러만 바로 하면 되는 거야?"

"바로는 안 될걸."

"응?"

"폭탄이 하나만 설치된 게 아니잖아."

한꺼번에 모조리 터트리는 방법도 있겠지만, 노형진이 생각하기에는 사람이 입구로 몰리는 순간을 노리려고 할 게 분명해 보였다.

"반대로 말하면, 최소 두 개의 전파가 사용된다는 거지."

일단 사람들을 입구로 내몰기 위해 놀이동산 안쪽에서 터질 폭탄, 그리고 입구에서 터질 폭탄.

"안쪽 주파수는 알지만 바깥쪽 주파수는 몰라."

즉, 어쭙잖게 전파방해를 했다고 가서 따라붙으면 일이 커질 수도 있다는 거다.

"그러니까 일단 전파방해를 하면서 바깥쪽을 수색해서 폭탄을 찾고 그 주파수를 알아내서 그것도 차단한 후에……."

"이런 씨발?"

노형진이 한창 설명하고 있는데 오광훈의 입에서 욕설이 흘러나왔다.

"뭐야, 저 새끼들?"

서로 눈짓을 주고받으면서 조종준에게 다가가는 건장한 사내 세 명.

그들은 세 방향에서 접근하고 있었는데, 서로 얼마나 눈짓을 주고받는지 눈에 너무 띄었다.

심지어 다른 가족들과 다르게 긴장으로 바짝 얼어붙어 있었다.

"어, 설마?"

노형진은 그걸 보고 아차 싶었다.

이곳에는 경찰이 와 있다.

그리고 경찰은 노형진의 명령을 따르지 않는다.

"저런 병신 같은 새끼들!"

오광훈은 그걸 보고 바로 그들이 뭘 하려고 하는지 알아차렸다. 실적에 눈이 멀어서 현장에서 체포하려고 하는 것이다.

그것도 아주 대놓고 티를 내면서 말이다.

"이런 병신! 당장 말려! 저거 걸리면…… 씨팔!"

그러나 늦었다.

가방을 옆에 두고 있던 조종준이 고개를 들자 다가가던 경찰과 눈이 마주친 것이다.

경찰은 아차 하면서 고개를 홱 돌렸지만 도리어 그게 의심을 확신으로 만들었다.

그다음 순간 조종준은 번개같이 일어나서 바로 옆에 있던 일가족에게 달려들었다.

"멍청한."

노형진은 그걸 보고 눈을 가리며 비명을 지를 수밖에 없었다.

⚖

"한 발자국이라도 다가오면 모조리 폭파시키겠어!"

"으아아앙! 엄마!"

여자아이를 인질로 잡은 조종준은 치렁치렁한 긴 머리의 가발을 벗어 던졌다. 그리고 품에서 뭔가를 꺼내 들었다.

가발도 벗어 던지고 이쪽을 노려보는 조종준은 눈이 벌게져 있었다.

"한 발자국만 다가와 봐! 다 죽는 거야! 알아!"

"아…… 젠장."

그걸 보고 경찰들은 눈을 찌푸렸다.

조종준의 가슴팍에는 대략 열 개 정도 되는 파이프 폭탄이 붙어 있었다.

"진아야!"

"진아야! 우리 진아를 돌려주세요!"

하지만 다가가던 경찰은 도리어 가족들을 강제로 끌고 뒤로 물러났다.

"이 씨발 새끼들! 내가 모를 줄 알아? 나 조종준이야! 조종준!"

폭탄 스위치를 들고 고래고래 소리를 지르는 조종준.

그 모습에 실적 욕심에 몰래 접근하던 경찰들은 얼굴이 사색이 되었다.

"이 개새끼들! 내가 죽을 각오도 안 하고 시작했을까?"

그는 품에서 원격 스위치를 꺼내서 강하게 눌렀다.

"안 돼!"

경찰은 비명을 질렀다.

그 버튼이 폭탄 버튼일 것이 분명했으니까.

"어?"

그런데 그 순간 조종준의 얼굴에 당혹감이 어렸다.

다행스럽게도 그가 누른 스위치의 주파수가 노형진이 찾아서 차단한 폭탄의 주파수였던 것이다.

그래서 방해 전파로 차단된 상황이라 터지지 않은 것이다.

"이런 씨발."

조종준은 다급하게 가방으로 다가가려고 했다.

다른 폭탄의 스위치가 가방에 있는 게 분명했다.

"꼼짝 마!"

"움직이면 쏜다!"

뒤에서 들리는 외침에 조종준은 발걸음을 멈췄다.

그는 자신에게 권총을 들이미는 경찰들을 보더니 피식 웃으면서 아이를 강제로 끌어안고는 오른손으로 자신의 몸과 연결된 유선 폭탄의 스위치를 찾았다.

"어디 한번 쏴 봐, 이 짭새 새끼들아."

경찰은 쏘지도 못하고 그저 그 자리에서 기다릴 수밖에 없었다.

"멍청한 것도 정도가 있지, 폭탄 테러범을 무슨 잡범처럼 잡으려고 합니까!"

오광훈이 길길이 날뛰었다.

"아니, 그게…… 우리 경찰도 나름 노력을……."

"남자 세 명이 보란 듯이 눈짓을 주고받으면서 슬금슬금 다가가는 게 노력입니까? 네?"

상황은 최악이 되었다. 경찰과 조종준은 아이와 폭탄을 사이에 두고 대립하고 있었다.

다른 스위치는 분명 가방에 있다.

아무리 조종준이 빠르다고 해도 그 안에서 그걸 찾아서 꺼내는 속도보다는 권총이 더 빠를 수밖에 없다.

"차라리 쏴 버리는 게……."

"왜요? 애가 터져 나가는 걸 전국에 생중계하려고요?"

"……."

조종준은 그 상황에서 방송국을 불러 달라고 요구했다.

심지어 현장의 모습을 그대로 생방송으로 내보내라고 하고 있는 상황.

"실패하면 애가 폭탄하고 같이 터져 나가는 거고, 성공해서 머리만 날려도 범인의 대가리가 터져 나가는 게 전국에 생중계되는 겁니다."

"……."

"어느 쪽이든 유명해진다는 그의 계획은 성공하겠지요."

노형진은 지끈거리는 머리를 부여잡고 한숨을 쉬었다.

"병신 같은 짓을 해도 유분수지."

"변호사가 사건에 끼어드는 건 좋지 않습니다."

경찰서장은 노형진의 말에 발끈하면서 말했다.

노형진은 어이가 없어서 한 소리 했다.

"그러면 여기서 폭탄으로 한 천 명쯤 죽어 나자빠지면 좋
겠네요? 그죠?"

그러자 경찰서장은 불편한 기색으로 시선을 돌렸다.

"크흠……."

"병신같이 일도 제대로 안 하니까 일이 이 지경이 된 거
아닙니까?"

대치 상태에서 돌아온 경찰의 말은 기가 막혔다.

서장이 강제로 투입했다는 것이다.

이유는, 그 범인을 잡고 서장이 승진하기 위해서였다.

"왜, 아예 경찰한테 같이 폭사하라고 하지요? 그러면 딱
두 명만 죽고 끝났을 텐데. 경찰하고 그 범인하고."

"크흠……."

"정신 나간 짓거리를 할 생각은 있고 수습할 생각은 없으
면 입 좀 닥치고 있죠."

노형진은 진짜 열 받아서 서장을 밀어붙였다.

서장만 아니었다면 순식간에 끝났을 일이다.

주파수는 이미 막아 놨으니 자연스럽게 연기하면서 조종준을 제압할 수 있었을 것이다.

"저거 어쩌냐? 그냥 두면 진짜 자폭할 기세인데."

"자폭하고도 남아. 저놈은 오로지 이름을 남기는 것 하나에 매달리는 놈이야."

"으음……."

생방송을 요구한 것도 자신이 유명해지기 위해서다.

"이거 그냥 가짜로 할 수도 없고."

"있으면 얼마나 좋겠냐."

하지만 조종준은 다른 핸드폰을 요구해서 DMB를 보고 있다. 심지어 그 핸드폰으로 랜덤하게 전화해서 방송 중인 장면을 설명하라는 협박도 하고 있다.

"저거 설득으로 될까?"

"안 됩니다."

그 순간 임시 사무실 안으로 들어오는 두 남자.

그들은 프로파일러와 네고시에이터, 즉 협상 전문가였다.

"현실적으로 프로파일상 그는 절대 항복하지 않을 겁니다."

프로파일러는 피곤한 얼굴로 말했다.

"소개부터 해야겠네요. 프로파일러인 남궁진석이라고 합니다. 이쪽은 네고시에이터인 우진송입니다."

"노형진입니다. 그런데 협상이 안 된다는 게 무슨 말입니까?"

남궁진석이 한숨으로 대답했다.

"그의 최종 목적은 유명해지는 겁니다. 그 이후는 중요한게 하나도 없지요. 도리어 감옥에 가서 잊혀 가는 걸 더 두려워할 겁니다."

"그게 무슨 말이지요?"

"감옥에 가서 천천히 잊히는 것보다는 최고일 때 죽겠다, 그게 저런 놈들의 생각이죠."

즉, 협상을 통해 항복을 유도할 방법이 없다는 거다.

오광훈은 혀를 끌끌 찼다.

그의 입장에서는 진짜 참신하게 미친놈이었으니까.

"가족을 이용하는 건요? 가족이 다 죽긴 했지만 친척은 있을 거 아닙니까?"

"도리어 역효과일 겁니다."

대답은 네고시에이터인 우진송이 했다.

"그 미친 이유를 이제야 알았거든요."

조종준이 유명해져야겠다고 생각하게 된 이유는 다름 아닌 자신의 가족의 죽음이었다.

그 죽음으로 인해 조종준의 멘탈이 나갔다.

"장례를 치르고 대판 했습니다. 친척들이 가족들의 돈을 빼앗기 위해 소송을 걸었더군요."

"미친놈들."

상식적으로 자기 형제나 자매가 죽으면 장례를 치르고 조금이라도 도와주기 위해 노력해야 한다.

그런데 조종준의 친가도 외가도, 관심을 가진 건 오직 조종준에게 넘어갈 재산이었다.

"심지어 큰아버지는 조종준이 정신이상이라고 주장하면서 정신병원에 넣으려고 했더군요. 결과적으로 재산의 70% 정도를 친척 중 한 명이 가지고 갔습니다."

"70%나요?"

"네. 그런데 그 사람이 누군지 아십니까?"

"누군데요?"

"조장백입니다."

"조장백? 잠깐, 그 조장백요?"

"네."

다들 조장백을 안다.

그럴 수밖에 없는 게, 한때 이름을 날렸던 유명 교수였으니까. 장관 후보로 언급되기도 했다.

다만 안 좋은 구설수 때문에 낙마했지만.

그런데 그가 한때 이름을 날린 이유는 집에서 화재로 사망했기 때문이다.

일가족이 모두 화재로 사망했는데, 그 이유가 바로 프로판가스 폭발이었다. 별장에 갔다가 그곳에 있던 프로판가스통이 터져서 사망한 것.

"그 당시에는 그냥 사고라 생각했지만……."

"사고는 아닌 것 같죠?"

사망 시기가 대략적으로 조종준의 실종 시기와 비슷하다.

'하긴…… 그때 폭탄을 썼다면 알 수가 없었겠지.'

폭탄이나 프로판가스나 폭발의 효과는 비슷하다. 그리고 한국 경찰은 이런 폭탄 테러에 대해 거의 의심하지 않을 테니까.

"설마?"

"네, 그 설마가 문제입니다."

조장백은 법조계에서 유명한 교수였다.

심지어 판결을 내린 판사조차도 조장백의 제자였다.

"판결문을 입수했는데……"

노형진은 판결문을 보고 입술을 깨물었다.

"봐줄 만해서 봐준다는 말만큼이나 어이가 없네요."

물론 이건 좀 노골적인 표현이지만, 실제로 판사들은 무소불위의 권력으로 그딴 식의 판결을 내리기도 한다.

"보아하나 조장백이 그 아버지의 채권을 가짜로 만들어서 소송을 건 모양인데."

그나마 양심이 있는 건지 없는 건지 70%만 요구했고, 조종준이 그 채권의 조작을 주장했지만 판사는 '이름 있는 학자로서 그럴 이유가 없다.'라는 판결을 내려 버렸다.

"유명해져야 한다라……"

이게 원인이 된 게 분명했다.

자신의 가족들이 자신 때문에 죽었다.

최소한 그렇게 생각하는 와중에, 상대방이 유명하다는 이유로 재산까지 빼앗겼다.

"막나가게 생겼네."

오광훈은 그걸 받아서 보다가 서류를 툭 던졌다.

"나 같아도 저 새끼 죽였겠네. 물론 다른 사람은 안 엮겠지만."

"돌겠네, 진짜."

이런 상황이라면 조종준은 절대로 살 생각이 없을 것이다.

"해결책은 없습니까?"

"일단 상부에서는 저격을 생각하고 있습니다만."

"생중계하면서요?"

"저격 직전에 중계를 끊을 겁니다."

그나마 최선이 그 정도다.

"하지만 그게 그렇게 쉬울까요?"

노형진은 솔직히 부정적이었다.

그는 군필이다. 당연히 저격에 대해 경계하고 있을 가능성이 높다.

"솔직히 지금 상황에서 저격 각이 나오기는 합니까?"

"그게 문제입니다."

조종준은 저격을 피하기 위해 화장실 안으로 아이를 끌고 들어갔다.

화장실은 창문이 작기 때문에 저격 각이 안 나온다.

"폭탄 가방도 놓고 간 걸 보면 분명 아예 거기서 끝장 볼 것 같은데."

즉, 살아서 나올 가능성이 없다.

"그나마 안쪽이 보이기는 하는데……."

방송국에서 조종준의 요구에 따라 카메라를 설치해서 중계하는 중인지라 위치는 확인되지만 저격을 하기 위한 각도는 안 나오는 게 사실이다.

"벽의 두께는요?"

"두껍습니다. 난방비를 아껴야 하니까요."

"환장하겠네."

원래대로라면 노형진은 이런 상황에서 뒤로 빠져야 한다.

그런데 경찰의 병신 같은 행동 때문에 일이 제대로 꼬였다.

"가스를 통해 재우는 건 어때? 전에 써먹었잖아?"

"그러면 저놈이 저 버튼을 누르겠지."

그때는 다들 자는 시간이었고 졸린 게 문제가 될 일이 없는 타이밍이었다.

"하지만 잠들면 제압당할 걸 뻔하게 아는데 멍하니 정 줄 놓겠나?"

이상하다 싶은 순간 그냥 버튼 누르고 모조리 날려 버릴게 뻔하다.

"검찰에서는 저격이 유일한 방법이라고 주장하고 있습니다."

"지랄하고 자빠졌네."

노형진은 코웃음을 쳤다.

"왜 그런지 두 분 다 아시죠?"

"으음……."

지금 검찰은 여러 가지 이유로 핀치에 몰려 있다.

그런데 이 상황에서 실수로 애가 죽으면 그 욕은 그대로 경찰이 먹는다.

"아마 검찰 내부에서는 구출 작전이 실패하기를 원할 겁니다."

그래야 경찰이 욕을 대신 먹을 테니까.

더군다나 서장의 멍청한 행동으로 인해 모든 사람들에게 경찰이 찍혀 있는 상황.

"거기에다 경찰 특공대가 저격할 테니까."

실패하면 모든 책임은 경찰에게 있는 것이다.

문제는 실패 확률이 너무 높다는 것.

일격에 안 죽어도 자폭이고, 빗맞아도 자폭이다.

최악의 경우는 아이가 맞을 수도 있다.

아니면 폭탄에 맞거나.

"뭘 해도 경찰이 욕먹겠지."

노형진은 비웃음을 날렸다.

실제로 지금 이곳에 있는 검사는 오광훈 한 명뿐이다.

방금 전 오광훈에게 연락이 왔다, 총책임자로 선임하겠다고.

현장에 있으니 응급 대응으로 볼 수도 있지만 잘못되었을 때는 오광훈에게 죄를 뒤집어씌우기도 좋다.

"현 상황에서 구할 방법이……."

위치도 그렇고 모든 상황이 좋지 않다.

노형진은 잠깐 고민하다가 문득 좋은 생각을 떠올려 냈다.

사실 이건 미친 짓에 가깝다.

아니, 미친 짓이다. 지금까지 문제를 이렇게 해결한 사람은 없었다.

"차라리 말입니다, 대놓고 밀어주는 건 어떨까요?"

"대놓고 밀어주자고요?"

"네. 어차피 현 상황에서 문제를 해결할 수 있는 방법은 없지 않습니까?"

"강제 돌입을 하는 건 무리죠."

화장실 입구야 뻔하다. 그곳에 강제 돌입하라는 건 결국 조종준의 집에서 당한 일과 똑같은 일을 벌이라는 소리다.

"그러니 차라리 그를 유명해지게 만들죠."

"유명하게?"

노형진은 오광훈을 바라보면서 말했다.

"그래. 그와 인터뷰를 하는 거지."

모두의 눈이 그 어느 때보다 커졌다.

⚖️

조종준은 자신이 유명하지 않아서 피해를 입었다고 생각

한다.

물론 원래부터 제정신이 아니었을 가능성이 높다.

세상에 억울하다고 폭탄마가 되는 사람은 없으니까.

'하지만 아무리 미친놈이라고 해도 결국 자기 합리화를 한다.'

그게 노형진의 생각이었다.

그는 폭탄마로서 수많은 사람들을 눈도 깜짝하지 않고 죽였다. 오로지 유명해지기 위해 말이다.

'그 기반에는 유명해짐으로써 자신을 보호하는 게 아니라 사건을 키워서 복수하고 싶은 감정이 있을 가능성이 높다.'

그게 노형진의 판단이었다.

프로파일러인 남궁진석이 동의했고, 그래서 계획은 준비되었다.

"왜 하필 나인지……."

오광훈은 한숨을 푹 쉬었다.

프로파일러도 아니고 그렇다고 네고시에이터도 아닌 자신이 검찰을 대신해서 인터뷰를 하게 된 것이다.

"이유야 이해가 가지만."

오광훈은 눈을 찌푸리면서 고개를 돌렸다.

노형진은 긴장한 표정으로 오광훈을 향해 손을 흔들었다.

들어가란 소리다.

"그래, 씨발. 한 번 죽지 두 번 죽겠냐……. 아니, 벌써 죽었었구나."

오광훈은 천천히 건물 안쪽으로 들어갔다. 이미 메가폰을 통해 조종준과 이야기해 둔 상태라 들어가는 건 어렵지 않았다.

"짭새 나리가 여기까지 와 주시고, 아주 고마워."

"짭새라니? 난 짭새가 아니야. 검새나 떡찰이라고 불러 주면 고맙겠는데."

"킥."

오광훈의 말에 조종준은 웃음을 날렸다.

"내 기분 맞추려고 참 절실하네."

"그럴 것 같아? 핸드폰 있잖아? 내 기록을 찾아보면 농담이 아니라는 걸 알 수 있을 텐데?"

"검찰 수준을 너무나도 잘 아는 검사란 말이지."

"그래. 그러니까 네가 생각하는 일은 벌어지지 않을 거야."

노형진이 오광훈을 밀어준 이유는 다름 아닌 오광훈이 검사이기 때문이다.

그것도 실제로 검찰에 반기를 든 검사.

아무리 생각해 봐도 조종준의 아버지의 채권 사건은 검찰이 조작해 주지 않았다면 절대로 그냥 넘어갈 수가 없는 사건이었다.

조종준이 고소했고 그걸 가지고 검찰이 무죄를 내렸기에 판사가 배상을 명령한 것이다.

'그래서 내가 나서야 한다는 거지.'

사건을 인정하고 또 사건을 해결하기 위해서는 경찰이 아니라 검찰이 필요하다. 어쩔 수가 없는 게, 검찰이 기소 독점 권을 가지고 있기 때문이다.

ㅡ결과적으로 말하면 말이지, 경찰이 와서 아무리 믿어 달라고 해도 조종준은 아예 안 믿을 거야. 하지만 실제로 반기를 들었던 검사라면 이야기가 달라지지.

노형진은 그렇게 말했고, 그 말이 정확하게 맞아떨어졌다.

"이야기는 들었다."

"어. 이거 생방 중인 거 맞지?"

"맞아. 나도 내 목숨 아까운 거 안다고."

오광훈은 화장실 구석에 털썩 주저앉았다. 그리고 피식 웃었다.

"네가 그 버튼을 누르면 내 목숨이 날아가는데 내가 왜 거짓말을 하겠어?"

"버리는 패라든가?"

"내가 버리는 패로 죽으러 올 놈 같아 보이냐?"

"하긴. 보아하니 넌 누가 널 버리는 패로 취급하면 그놈을 죽일 것 같네."

"딩동, 정답."

오광훈은 피식 웃으며 말했다.

"그래서 이야기를 해 보자."

"조건은 이 아이고?"

조종준은 울다가 지쳐서 잠든 아이를 바라보았다.

오광훈은 침묵을 지키다 말했다.

"그랬으면 좋겠는데."

"미안하지만 난 별로 관심 없는데. 나도 여기서 살아 나갈 생각은 없는지라."

손을 들어 손안의 버튼을 보여 주는 조종준.

"알아. 아는데……."

오광훈은 거기까지 말하고는 심호흡을 했다.

"너와 마찬가지로 그건 내 알 바 아니거든."

"응?"

"네가 여기서 살아 나갈 생각이 없다는 것쯤이야 나도 잘 알지. 그러니까 난 애나 꺼내 가면 그만이고."

"이거 미친놈일세?"

"미친놈이지, 너한테 거래를 걸 만큼."

오광훈은 그렇게 말하면서 들고 온 종이봉투를 앞으로 밀었다.

"이게 뭔지 알아?"

"나야 모르지."

"너와, 너의 큰아버지였던 조장백의 사건 기록."

"뭐?"

지금까지 반쯤 미친놈처럼 실실거리던 조종준의 눈에 광

기의 빛이 스치고 지나갔다.

"그걸 어디서 구한 거지?"

"내가 네 담당 검사거든. 협상을 위해 필요하다고 하면 아주 긴급하게 날아오지. 이것도 방금 받은 따끈따끈한 서류야. 팩스로 온 복사본이기는 하지만 보다시피 원본대조필이 붙어 있지."

그 말에 조종준은 봉투를 물끄러미 바라보았다.

오광훈은 그의 관심을 끌었다고 판단하고 계속 말을 이어 갔다.

"네가 너 억울하다고 방송에서 말해 봐야 어차피 사건이 끝나고 나면 뭐 없는 일 취급당하겠지. 하지만 검사인 내가 사건을 검토하고 그걸 인정하면 어떨까?"

당장 오광훈은 주변에서 인정받는 검사다.

스타 검사로서 정의롭다고, 거짓말하지 않는다고, 정치 눈치를 보지 않는다고 보이고 있다.

"그리고 이 서류를 보면 위증을 한 건지 안 한 건지 알 수 있지."

"으음......."

즉, 생방송에서 검사로서 검찰과 동료 검사 그리고 그 당시 판사까지 다 까겠다는 거다.

"유명해지고 싶다고 했지? 여기서 네가 죽으면 넌 그냥 개죽음이야. 다 잊어버리겠지."

"큭."

"하지만 네가 어떻게 당했는지, 그래서 얼마나 억울해서 이런 일을 했는지를 사람들에게 알려 준다면 과연 사람들이 너를 잊을까? 검찰이 뇌물 받아 처먹고 사건 조작할 때마다 네놈 이름이 나올 거야. 마치 노형진처럼 말이지."

"노형진……."

"그래. 노형진이 압수수색에 장난치는 걸 촬영해서 공개해서 제대로 엿 먹였잖아? 지금 그거 모르는 사람 있어?"

없다.

왜냐? 약자로서 강자인 검찰을 이겼기 때문이다.

"그러니 네가 진실을 밝히고 검찰의 부패를 알린다면, 너는 범죄자이기는 하지만 너를 범죄자로 만든 건 검찰이 되지. 당연히 검찰의 부패 이야기가 나올 때마다 네 이야기가 언급될 거야."

틀린 말이 아니다.

한번 사례가 되면 계속 이야기가 나올 수밖에 없다.

더군다나 검찰이 부패로 인해 최악의 폭탄 살인마를 만들어 낸 사건이다.

"네가 그냥 폭탄 살인마인 것과 검찰이 만들어 낸 폭탄 살인마인 것 중 어떤 게 더 역사에 남을 것 같아? 아마도 세계적으로 유명해지겠지. 지금까지 그런 사건은 없었거든."

물론 없지는 않을 것이다.

하지만 언제나 검찰이 감췄다.

하지만 이 사건은 이미 감출 수가 없는 규모가 되어 버렸다.

"교과서에도 사례로 실릴 테고."

오광훈은 그 말을 하고 침을 꿀꺽 삼켰다.

유명해지고자 하는 광적인 정신병을 자극하자는 노형진의 계획의 핵심. 그게 오광훈의 입에서 나온 것이다.

"여기서 버튼을 누르면 평범한 살인마로 세월의 흔적과 함께 사라지겠지."

미친 짓일지도 모른다.

하지만 미친놈을 상대하려면 때로는 이쪽도 미친 짓을 해야 한다는 걸 노형진은 안다.

"크하하하!"

듣고 있던 조종준은 크게 웃었다.

"좋아, 좋아! 그렇게 나와야지! 하나씩 꺼내 봐."

오광훈이 막 서류를 꺼내려고 할 때였다.

갑자기 오광훈의 핸드폰이 미친 듯이 울렸다.

"흠."

"왜? 누구야?"

"누구겠냐? 이걸 보고 있는 게 누구일 것 같아?"

조종준이 피식 웃었다.

"스피커폰 돌려."

오광훈은 고개를 끄덕거렸다.

'역시 전화가 오는군.'

사실 이런 일을 할 때는 전화기를 놓고 가야 한다.

그래야 흐름이 끊어지지 않는다.

그런데 노형진은 전화기를 가지고 가라고 했다. 그래야 증거가 더 늘어난다면서.

그리고 그 말은 맞아떨어졌다.

"오광훈입니다."

─오 검사, 대체 무슨 소리를 하는 거야! 지금 테러범이랑 협상하는 거야? 테러범과의 협상은 절대 인정 못 해!

"음……."

지금 생방송 중이다.

'얼마나 다급하면 이렇게 전화를 했을까?'라고 생각하면서 오광훈은 미리 준비한 대사를 말했다.

"그러면 여기서 아이 구조를 포기하고 나갈까요? 범인은 상관없지만 아이는 구하고 싶은데요."

─뭐?

"어차피 폭탄 테러범이 어디 갈 수 있는 것도 아니고, 돈이나 뭐 도주로를 요구하는 것도 아니고 말이죠. 툭 까고 말해서 잡혀도 사형, 안 잡혀도 자폭인데 애라도 구해야지요."

─미친 새끼가!

전화기 너머로 검사가 발끈해서 소리를 질렀다.

"여기서 포기하면 애한테 큰일 날 것 같은데요?"

그렇게 말하면서 오광훈은 조종준을 힐끗 보았다.

"좋아. 사건을 나랑 분석하고 억울함을 풀어 주면 아이는 풀어 주지. 캬캬캬캬."

조종준은 상황을 알아채고는 크게 웃었다.

"어때, 거기 그쪽 검사 나리? 얼마나 받아 처먹었어? 검토만 해 주면 내가 애를 풀어 준다니까?"

—큭!

여기서 검토하게 되면 조작이 전국에 퍼진다.

하지만 하지 않는다면?

검찰 상부의 계획과 다르게 아이의 죽음은 검찰의 책임이 된다.

"어때, 검사 나리? 한마디면 된다고! 테러범과의 협상은 없다! 애를 죽여라! 그 한마디면 내가 애와 함께 죽어 준다니까? 캬캬캬!"

그 순간 뚝 끊어지는 전화.

오광훈은 어깨를 으쓱하면서 전화기를 다시 품에 넣었다.

그리고 서류를 꺼내서 읽기 시작했다.

"좋아, 일단 경찰 기록부터 볼까?"

⚖️

무려 두 시간의 인터뷰.

이미 주요 쟁점과 약점은 노형진이 다 지적해 줬기에 그 안에서 법률적 맹점을 발견하는 건 어렵지 않았다.

"결론적으로 말하면······."

마지막 서류를 접으면서 오광훈은 단호하게 말했다.

"이 사건은 조작되었다. 경찰부터 검찰 그리고 법원 모두, 조작에 관여했다."

"크크크."

조종준은 나지막하게 웃으며 몸을 부르르 떨었다.

"재미있군, 재미있어."

'재미있겠지.'

사건을 조사했던 경찰들, 그 사건을 담당했던 검사와 재판을 했던 판사들, 그리고 그 재판에 나왔던 모든 증인들까지, 몽땅 실명으로 까 버렸다.

조종준이 죽든 말든 그들은 이제 조사와 파멸을 피할 수가 없게 되었다. 이미 담당 검사와 판사의 신상은 인터넷에 돌고 있는 상황이다.

"좋아, 좋아. 모두가 날 보고 있군."

인터넷에서는 여론이 묘했다.

조종준이 나쁜 짓을 한 건 사실이지만 그렇게 만든 건 검찰과 법원이라는 말이 나오고 있다.

물론 그렇다고 해서 조종준이 불쌍하다고 하는 사람은 없었다. 이미 해외 토픽으로 퍼지고 있을 정도로, 지금까지 없었던 기상천외한 협상이니까.

"좋아. 지금이 내 인생 최고의 순간이야."

누구나 다 그를 알고, 세상 누구보다 유명한 상황.

조종준의 눈빛은 광기로 가득 찼다.

"그러면…….."

오광훈은 침을 꿀꺽 삼켰다.

여기서 저 미친놈이 끝까지 같이 죽자고 버튼을 누르면 말
짱 황이니까.

"데려가."

그런데 의외로 조종준은 조용히 아이를 내밀었다.

"큭큭, 여기서 내가 아이와 같이 죽으면 결국 지금까지 내
가 한 모든 게 또 묻히겠지."

피해자라는 포지션, 국가가 만들어 낸 악마라는 유명세.

그게 사라지는 게 조종준은 싫었던 것이다.

"나는 누구보다 유명하게 죽는 거야, 캬캬캬캬."

오광훈은 잠들어 있는 아이를 잽싸게 끌어안고 나왔다.

헐레벌떡 건물에서 거의 뛰어나가는 순간 뒤쪽에서 강력
한 충격이 몰려왔다.

"크윽."

오광훈은 아이를 온몸으로 감싸며 앞으로 몸을 날렸고, 이
내 시커먼 먼지가 두 사람을 뒤덮었다.

"아야야…… 아프다."

옷을 목까지 끌어 올려 등을 훤히 드러낸 채 침대에 엎어져 있던 오광훈은 등에서 엄습하는 통증에 몸을 비틀었다.

그러자 노형진이 기가 찬 표정으로 그를 쳐다보았다.

"아프다? 지금 '아프다'로 끝났으니까 망정이지, 그 미친 새끼가 바로 누를 줄은 몰랐다."

결국 조종준은 바로 버튼을 누르고 자폭했다.

다행히 화장실 벽이 두꺼워서 폭발이 바깥으로 새어 나오지는 않았지만 입구 쪽에서 나오던 오광훈에게 파편이 튀는건 어쩔 수 없었다.

그나마 코너인지라 직격은 아니었지만, 한번 튕긴 콘크리트 파편이 다시 튀면서 오광훈을 때렸다.

그 때문에 오광훈은 등 쪽에 심각한 타박상을 입어야 했다.

"그 미친놈이 그렇게 바로 자폭할 줄이야."

"그만큼 정신적으로 몰려 있었던 거지."

대한민국 전부가 자신을 추적하는 상황이었다.

그러다가 코너에 몰렸으니 어떻게 보면 당연한 일이다.

"어찌 되었건 양면성을 가진 존재로 역사에 남았으니까."

"끄응……."

통증에 괴로워하며 엎드려 있던 오광훈은 힘겹게 몸을 돌렸다.

"그래도 뒈진 덕분에 소원은 이뤘네."

단순히 부패의 문제가 아니라 그 부패로 인해 악마가 만들어졌고, 그렇게 감춰진 일이 얼마나 많은지에 대해 사회적 논란이 되고 있었다.

"일부에서는 모방범이 나타날까 봐 두려운 모양이야."

오광훈은 고개를 절레절레 흔들었다.

"모방범이 나와도 이번에는 제발 나는 빼 줬으면 좋겠네."

"하하하하."

"어째 희망이 없는 웃음이다?"

"그 녀석보다 더 유명한 게 너거든. 웃긴 일이지만."

"뭐? 그건 또 뭔 소리야?"

"당연한 거 아냐?"

범죄로 유명해진 조종준이다.

하지만 오광훈은 그에게서 아이를 구했고, 구하기 무섭게 폭탄이 터져 나갔다.

그리고 그 장면은 마치 영화처럼 외부에 모두 생중계되었다.

그가 단 한 명의 아이를 위해 국가와 조직에 반기를 들었다는 사실이 삽시간에 퍼진 것은 어찌 보면 당연한 일이었다.

"벌써 할리우드에서 너랑 계약하자고 성화다."

"엥? 난 몰랐는데?"

"핸드폰이 박살 났잖아."

"아, 그랬지."

그리고 바로 병원으로 실려 와서 당연히 핸드폰이 없다.

만들러 나가기에는 타박상이 심해서 통증이 강했으니까.

"그리고 그때 이름이 공개된 사람들은 모두 조사가 시작되었어. 검사와 판사는 사표를 던지기는 한 모양인데……."

당연하게도 받아들여지지 않았다.

실제로 관련 서류가 외부로 누출되면서 관련자들, 특히 증언을 했던 자들이 사회적으로 심각한 고립을 당했고, 그중 한 명이 양심선언을 하면서 일은 걷잡을 수 없이 커지고 있었다.

"검찰에서는 아예 멘탈이 나갔고."

그렇잖아도 이미지가 개판인 상황이다.

그런 상황에서 악마를 만들어 냈다는 이미지는 검찰에게 최악의 상황이 되었다.

"아, 씁……. 상황 엿 같네."

오광훈은 꿈지럭거리면서 말했다.

"제발 다시는 이런 미친놈은 안 만났으면 좋겠다."

"나도 그랬으면 좋겠다."

노형진은 한숨을 쉬며 말했다.

"하지만 세상은 넓고 미친놈은 많지."

그리고 그들이 언제 튀어나올지 모른다는 것은, 노형진이 가장 잘 알고 있는 사실이었다.

이것이 법이다

그의 비밀, 그리고 모두의 비밀

"이 상황을 어떻게 해결하라는 거야?"

홍안수는 이를 박박 갈았다.

자신의 능력으로 일본에 터진 문제를 해결하라는 압력이 들어오는데, 아무리 그가 스파이라지만 되는 게 있고 안되는 게 있는 법이다.

그가 아무리 잘났다 해도 국가 단위에서 해결하지 못하는 문제를 어떻게 해결하란 말인가?

"망할, 그걸 받아먹는 게 아니었는데."

홍안수는 어린 시절로 돌아갈 수만 있다면 절대로 일본의 요청을 받아들이지 않았을 거라고 후회하며 한숨을 쉬었다.

그 덕분에 대통령은 되었지만, 그 때문에 계속 질질 끌려

다녔고 결국 인생이 박살 나게 생겼으니까.

그도 그럴 것이, 일본에서 노형진과 새론 그리고 대룡을 망하게 하라는 명령을 내렸기 때문이다.

그동안 당한 게 쌓이고 쌓여서 일본은 올림픽을 포기해야 할 정도로 경제적으로 큰 타격을 입게 되었다.

당연하게도 그동안 군사정보부터 국가 기밀까지 닥치는 대로 빼서 일본에 넘기던 홍안수에게 약해진 일본은 필요가 없는 대상이었기에 슬슬 손절을 하려고 했다.

그런데 갑자기 일본이 극단적 명령을 내린 것이다.

다름 아닌 노형진과 새론, 대룡의 멸망.

특히 노형진은 제거하라고까지 했다.

"누구는 안 하고 싶나? 하지만 그게 쉽냐고!"

일본 입장에서는 어차피 막나가는 상황이고 노형진과 마이스터 그리고 미다스가 자신들에게 적대하고 있다는 것쯤은 너무 잘 알고 있다.

그걸 타개할 해결책은 다름 아닌 노형진의 제거다.

정확하게는 고문을 해서라도 미다스의 정체를 알아내고 그 후에 처분하라는 건데, 만일 거부한다면 전 세계에 홍안수의 정체를 공개한다고 했다.

"미친 새끼들."

그럴 이유는 사실 뻔하다.

홍안수는 극심한 레임덕으로 인해 사실상 끝났다고 봐야

하는 상황이기 때문이다.

특히나 그의 가장 강력한 무기였던 검찰은 노형진에게 연전연패해서 고발해도 의미가 없는 지경이 되었고, 다른 정치인들처럼 없는 죄를 만들어서 뒤집어씌우자니 마이스터와 미다스가 한국을 파탄 낼 게 뻔한지라 방법이 없었다.

거기에다 노형진은 지난 몇 년간 한국 내의 일본인 장학생들, 즉 친일파와 매국노에 대한 집요한 사냥을 해서 홍안수의 지지 세력은 거의 바닥을 드러낸 상황이었고, 그나마 일본을 편들어 주던 자유신민당은 다음 선거에서 이길 가능성이 없다고 판단되고 있다.

"결국 마지막까지 몸부림치겠다는 건데."

이 모든 원인이 노형진에게 있으니 그만 잡을 수 있다면 반대로 한 번 더 일어날 수 있을지도 모른다는 게 일본의 판단이었다.

문제는 그게 농담이 아니라는 것.

일본과 경쟁하는 부분에 대해 세무조사를 하는 식으로 족쳐서 망치는 것은 어려운 일이 아니다.

당장 게임 부분도 한때 일본을 능가했지만 여성 단체와 일부 이권 단체들이 이빨을 드러내자 무서운 속도로 무너지고 있었다.

"그걸 공개하면······."

홍안수는 대한민국 대통령이다.

그리고 동시에 일본의 스파이다.

그가 스파이라는 사실이 드러나면 과연 어떻게 될까?

분명 국가보안법 위반 혐의로 체포될 테고, 평생을 감옥에서 썩게 될 것이다.

물론 일본과 한국의 관계는 경색되고 반일 감정이 심해지겠지만 그거야 이미 벌어진 일이고, 한국인들의 성향을 생각하면 길어 봤자 몇 년만 지나면 다시 좋다고 꼬리를 흔들 거라는 게 일본의 판단이었다.

애초에 일본과 한국의 사이가 틀어지는 걸 미국이 그냥 두고 보지는 않을 거라는 판단도 있고 말이다.

그가 스파이라는 건 미국도 알고 있는 상황이니까.

"결국 방법은 하나뿐인가."

지금까지 쓰지 않았던 방법.

물론 쓸 수는 있지만 그 피해가 훨씬 심해질 수밖에 없는 방법.

"하긴 상관없지. 어차피 난 이제 끝나는 거니까."

그건 다름 아닌 노형진에 대한 납치 살해였다.

물론 그런 일이 벌어지면 마이스터와 미다스의 보복이 들어올 거라는 건 안다.

"하지만 상관없지."

어차피 그의 대통령 생활은 끝났다.

물러나서 느긋하게 그동안 챙긴 돈으로 편하게 살면 그만이다.

대한민국이 망하는 거? 그게 뭐 어떻단 말인가?

그와는 상관없는 일이다.

홍안수는 광기를 품은 듯한 눈빛으로 중얼거렸다.

"노형진, 이건 네가 결정을 잘못 내린 거다. 지옥에 가서 후회해라."

⚖️

노형진은 언제나처럼 출근했다.

"좋은 아침."

"네, 좋은 아침입니다."

평소와 같은 하루, 평소와 같은 시간을 보내면서 자신의 사무실로 들어간 노형진은 업무를 위해 전화기를 들었다.

"어?"

그 순간 노형진은 말문이 막혔다.

전화기 너머에서 흘러들어 오는 기억.

그동안의 경험상 그의 정신 방어를 뚫고 기억이 들어오는 건 상당히 이례적이고 중요한 일이라는 걸 알고 있던 노형진은 조용히 그 기억을 읽었다.

그리고 조용히 전화기를 내려놨다.

'홍안수, 결국 그런 결정을 내린 건가?'

전화기 너머에서 흘러들어 오는 기억.

그건 누군가 그의 전화기에 도청 장치를 설치하는 장면이었다.

그리고 그 기억 속에서 최종 목표는 노형진의 납치였다.

'하긴. 지금은 의문사가 갑자기 늘고 있는 시점이지.'

홍안수를 노리는 노형진은 당연히 그가 스파이임을 증명할 수 있거나 그의 범죄와 연관된 사람을 찾으려고 했다.

하지만 추적해 보면 대부분은 사망자였다.

보통은 자살이었고, 몇몇 경우는 심장마비였으며, 또 몇몇은 사고사였다.

'홍안수 혼자서 한 결정은 아닐 테고. 일본에서 말이 나온 모양이군.'

일본은 생각보다 의문사가 많은 나라다.

특히나 그와 관련된 조사도 전혀 이루어지지 않고 있다.

당장 일본 정부의 방사능 문제를 취재하던 기자 한 명이 공식적으로 자살로 처리되었는데, 그 자살 방법이 문 바깥에 테이프를 붙이고 집 안에서 숯으로 가스를 피워 죽은 것이었다.

그런데 상식적으로 문 안쪽도 아니고 문 바깥쪽에 테이프를 붙이고 안에 들어가서 숯을 피운다는 건 불가능한 일이다.

결정적으로 그는 전날 자신이 취재하던 방사능 피해자에게 '나는 절대 죽지 않는다. 나는 자살하지 않는다.'라고 말했다.

그리고 그 후에 자살했다.

말도 안 되는 수사 결과에, 그 사건을 파고들던 사람이 두 명 있었다.

한 명은 경찰 수사관이었고 다른 한 명은 동료 기자였다.

그리고 며칠 후 동료 기자는 자살했고, 경찰은 바다에서 발견되었다.

일본 경찰은, 경찰은 야쿠자의 보복으로 살해당한 것이며 동료 기자는 친구의 죽음에 충격을 받아서 자살한 것으로 발표했다.

그리고 그 이후에는 누구도 그 사건을 의심하거나 조사하려 하지 않았다.

조금이라도 일본의 방사능 문제를 파려고 하는 사람들은 죄다 '자살당하고' 있었으니까.

'일본의 그런 상황은 어떻게 보면 당연한 건가?'

노형진은 놀라지 않았다.

언젠가는 그런 방법을 취할 거라고 예상하고 있었으니까.

회귀 전에도 그랬다.

권력자들에게 암살이나 실종은 아주 매력적인 선택지다.

몇 명만 증거 없이 처리하고 나면 그다음부터는 대부분 입을 다물기 때문이다.

'애초에 내가 돈을 모으기 시작한 것도 그것 때문이지.'

힘이 없으면, 그리고 사회적으로 알려져 있지 않으면 의문사에 저항할 방법은 없다.

사람들은 유명한 사람은 암살당하지 않을 거라 생각하지만 현실은 그렇지 않다.

대부분의 경우 암살당한 후에 자살로 발표하면 주변에서는 어떻게 할 수가 없기 때문이다.

수십 년 후에 의문사에 대한 조사가 이루어질 수도 있지만, 대부분의 경우에는 증거와 같이 소각되기 때문에 결국 자살이면 그걸로 끝나는 경우가 많다.

'뭐, 슬슬 당신하고 끝장을 봐야지.'

그렇다고 해서 노형진이 도청 장치를 찾아서 들고 흔들며 고래고래 소리 지를 생각은 없었다.

기본적으로 도청 장치라는 것 자체가 누구든 쓸 수 있는 물건이니까.

더군다나 새론이라는 특성, 그리고 노형진이 마이스터의 대리인이라는 특성을 생각하면 도청 장치를 설치할 만한 사람은 너무나 많았다.

'거기에다 당당하게 설치한 걸 보니 신형인 것 같고.'

새론은 주기적으로 도청 장치 점검을 한다.

정해진 기간에 하는 게 아니라 완전히 랜덤이기에 그 시기를 피해서 설치하는 건 불가능하다.

그럼에도 불구하고 달았다는 건 걸리지 않을 자신이 있다는 거다.

'하긴, 시대가 어느 시대인데.'

옛날에는 도청 장치를 설치하면 혼선이 된다는 등의 소리가 있었지만 지금의 도청 장치는 절대 그럴 일이 없다.

심지어 수십 년 전에 소련은 전기조차도 안 쓰는 도청 장치를 개발해서 수년간 백악관을 도청하기도 했으니, 기존의 도청 장치 감지기에 걸리지 않는 물건쯤이야 어렵지 않게 만들어 낼 수 있을 테니까.

'그렇다고 내가 그냥 당할 수는 없지.'

노형진은 피식 웃으며 생각했다. 그리고 자연스럽게 전화를 들었다.

"김 변호사님, 오늘 뵐 수 있을까요?"

노형진은 평소처럼 하루를 시작했다.

하지만 그 평소와 같음에 얼마나 날카로운 칼이 숨겨져 있는지 국정원은 몰랐다.

"도청 장치?"

"네. 전화기에 설치되어 있는 것 같더군요."

"아니, 그게 가능할 리가 없네. 우리가 얼마나 보안에 신경을 쓰는데."

"우리 잘못이라고 볼 수는 없지요."

김성식에게 보고하자 그는 당혹스러운 듯한 표정이 되었다.

하긴 그렇다고 해서 이런 상황을 예상하는 건 불가능했을 테니까.

물론 이건 김성식이나 혹은 그 누구의 잘못도 아니다.

아무리 보안에 신경을 쓴다 해도 시대가 바뀌는 것은 어쩔 수 없다.

"변호사 사무실에 설치할 수 있는 보안이라고 해 봐야 결국 시중에서 쓰는 보안 시스템 중에 그나마 좀 높은 수준입니다."

새론의 보안장치는 경비 업체와 번호 키 그리고 지문 인식 시스템 정도다.

그런데 세 가지 모두 세상에서는 평범하게 쓰고 있는 방범 시스템이다.

"그런 거라면 정부에서 파훼법을 못 찾았다고 볼 수는 없지요. 정부라는 조직 자체가 뭔가 나오면 단시간 내에 파훼법을 찾는 게 목적인 곳이니까요."

당장 보안이 좋다고 생각되는 마이폰 같은 경우도 기업에서는 국가도 못 푼다고 하지만, 사실 전문가는 시간이 걸릴 뿐 못 풀지는 않는다고 한다.

하물며 일반 전문가도 그 정도인데 슈퍼컴퓨터까지 동원해서 연산하는 국가에서 그걸 못 푼다는 건 말이 안 된다.

"저도 우연이 아니었으면 몰랐을 겁니다."

"으음."

노형진이 전화기에서 이격을 발견했다고 말했기에 김성식

은 심각한 얼굴이 되었다.

"그러면 어떻게 해야 하나? 이걸 항의할 수도 없고. 자네도 알 거야, 이걸 항의한다고 해도 저들이 인정하지는 않을 거라는 걸."

"압니다. 그래서 김성식 변호사님을 찾아온 겁니다. 이참에 선을 그을 생각이거든요."

"선이라고 하면……."

말을 하려고 하던 김성식은 순간 입을 다물었다.

그리고 주변을 두리번거리다가 자리에서 일어났다.

"같이 사우나나 가겠나?"

"그러지요. 오랜만에 그것도 나쁘지 않겠습니다, 후후후."

⚖

왜 비밀스러운 이야기를 할 때 사우나를 갈까?

그건 일단 몇 가지 이유 때문이다.

일단 사우나라는 공간은 벗고 들어가기 때문에 도청 장치를 설치하는 게 쉽지 않다.

더군다나 상시 고온 다습한 상태를 유지하기 때문에 기계에는 치명적인 공간이다.

아무리 잘 만들어진 기계라고 해도 그 공간에서는 일주일을 못 넘긴다.

또한 따로 냉각장치를 달 정도로 큰 사이즈의 물건이라면 사우나에 빠르게 설치하는 건 불가능하다.

그런 건 아예 사우나 자체에 미리 설치해야 하기 때문에 지금처럼 랜덤하게 들어오는 경우는 추적이 불가한 것이다.

"선을 긋는다면, 결국 홍안수의 탄핵을 진행할 생각이라는 건가?"

"아시는군요."

"송 의원님께 들었네. 만일에 대비해서 그런 준비는 해 놔야 할 거라고 말이야."

"맞습니다. 홍안수는 탄핵되어야 합니다."

왕의 피가 흘러야 한다고 했다.

그런데 그 왕의 피가 진짜 피는 아닐 것이다. 애초에 한국에는 왕이라는 존재가 없으니까.

'남은 건 결국 탄핵뿐이지.'

그리고 홍안수는 탄핵될 만한 건수를 어마어마하게 쌓아 둔 상황이다.

다만 증거가 없을 뿐.

"아마도 홍안수가 이렇게 무리한 행동을 하는 건 일본에서 부탁, 아니 명령을 받아서일 가능성이 높습니다. 아시겠지만 홍안수는 일본의 스파이니까요."

"하긴, 일본에서 자네나 우리 그리고 대룡에 이를 박박 가는 거야 뭐 딱히 비밀도 아니니까."

"그리고 지난번에 일본은 치명적인 타격을 입었지요."

결국 일본은 자금 문제로 인해 도쿄 올림픽을 포기했다.

"솔직히 그 이후에 일이 이렇게 될 줄은 예상을 못 했습니다."

일본의 도쿄 올림픽 포기는 일본에 있어서는 '우리는 망해가고 있습니다.'라고 이실직고한 증거나 다름없다.

애초에 도쿄 올림픽으로 일본이 재건되었다는 걸 홍보하려고 했다는 점을 감안하면 완전히 치명적인 타격이었고, 그로 인해 일본의 주식은 하루가 멀다 하고 떨어지고 있었다.

그리고 그게 소문나면서 일본의 국민들은 더더욱 돈을 노형진의 은행으로 넣으며 자금 확보에 나섰고, 그 상황은 일본 경제에 치명적인 문제가 되었다.

"제가 예상한 건 딱 거기까지였거든요."

그런데 IOC에서 다급하게 다음 올림픽 개최지를 선정하려 하고 있는데 그중 가장 유력한 곳이 바로 한국이었다.

한국은 올림픽을 한 지 30년 가까이 되어 가기 때문에 형평성의 문제에도 걸릴 것이 없고, 모든 인프라가 잘되어 있기 때문에 다급한 올림픽 준비도 버틸 수 있다.

더군다나 아직 성장 중인 국가 중 하나이니까.

그리고 다른 후보 국가는 중국이었다.

"물론 일본에서 극렬하게 반대하지만요."

다른 나라도 아니고 하필이면 한국이나 중국 둘 중 하나가 선택될 거라는 소식에 일본은 눈이 돌아갔다.

일본이 가장 싫어하는 나라가 바로 중국과 한국 아니던가?

"한국이야 홍안수가 있으니 어떻게 막겠지만……."

"아마 중국은 막는 게 쉽지 않을 겁니다."

물론 중국은 베이징 올림픽을 한 지 얼마 되지 않았다는 점이 문제가 되겠지만 말이다.

"어찌 되었건 그 정도로 당한 일본이 순순히 포기하지는 않을 거라는 거죠."

"그게 직접적인 힘의 투사라는 건가?"

김성식은 수건을 두건처럼 쓰면서 말했다.

"하긴, 효율적인 방법이지."

사람이 아무리 충격적으로 죽는다고 해도 그 충격이 1년을 갈까, 2년이 갈까?

당장 회귀 전의 그 참사에 대해서도 1년도 지나지 않아 정부에서 피해자들을 빨갱이로 몰아가면서 자신들의 정당성을 확보하려고 했고, 실제로 그게 먹혔다.

물론 이제는 노형진이 막아서 없는 일이 되었다지만, 인간이나 권력의 기본적인 본성이 바뀌는 것은 아니다.

"하지만 탄핵은 쉽지 않을 거야. 일단 투표로 뽑은 이상에는 별수 없지."

"그래서 제가 찾아뵌 겁니다. 그들은 우리를 감시하고 있습니다. 이를 반대로 말하면, 우리의 일거수일투족이 다 정부에 보고될 거라는 겁니다."

도청은 시작일 뿐이다.

변호사가 움직이면 경찰이 감시할 테고, 온 집안에 다 도청 장치가 붙을 것이며, 모든 사건 기록이 정부로 넘어갈 것이다.

"아마도 사건에 개입해서 우리 쪽에 패소를 주려고 할 겁니다."

계속 지기만 하는 로펌이라면 누구도 일을 맡기지 않을 테니까.

그리고 그건 어려운 일이 아니다.

아무리 판사들이 양심을 따진다고 해도 정부의 압력을 이길 수는 없다.

더군다나 2심 판사까지 올라갈 정도가 되면, 양심이 있으면 사실상 올라가는 게 불가능한 게 현실이다.

"1심에서도 이긴다고 해도 2심에서는 질 거라 이건가?"

"그렇습니다."

그러한 기록이 쌓이고 쌓이면 새론은 버틸 수가 없다.

"다른 건 다 버티겠는데 그게 문제군."

돈? 그거야 이미 새론에서 투자한 곳에서 나오는 돈이 더 많은 상황이다.

새론이 다른 곳보다 압도적으로 싼 가격에 변론할 수 있는 이유가 바로 그것이다.

하지만 어떤 변호사라고 해도 자신의 패소율이 높아지는
건 좋아하지 않는다.

"사법적 중립은 기대하기 힘들겠지?"

"그런 기대는 하지 마세요."

법적으로 판사는 외부의 어떠한 압력에도 굴하지 않고 판
결을 내릴 수 있다.

하지만 현실적으로 그런 경우는 없다.

어지간하면 압력이 들어오지 않는 것은 사실이나, 들어오
는 순간 그에 맞춰서 판결을 내려야 한다.

"그러니 당분간은 새로운 사건을 받지 않는 걸 추천해 드
립니다."

"새로운 사건을 받지 말라고?"

"그렇습니다. 정확하게는, 받는다고 해도 최대한 시간을
끌 수 있는 사건만 받는 게 목적이라고 할 수 있겠습니다."

최소한 홍안수를 탄핵시킨 후에 재판해도 될 정도로 시간
을 끌어도 상관없는 사건만 받아야 한다.

피해자들이 다급한 경우에는 너무 많은 추가 피해가 발생
할 테니까.

"하지만 내가 듣기로는 분명 증거가 없다고 하지 않았나?"

"없지는 않을 겁니다. 없다면 홍안수가 일본의 말을 들을
이유가 없지요."

증거가 없는 게 아니라 그 증거를 노형진과 새론이 가지고

있지 않을 뿐이다.

"그러니 저는 지금부터 모든 사건에서 손을 떼고 그 증거만을 추적할 겁니다."

"그 증거를 찾아서 공개하면 당연히 탄핵이야 되겠지. 하지만 그게 쉽겠나?"

순간 노형진은 살짝 미소 지었다.

"그건 중요한 게 아닙니다. 찾으려는 시도가 중요한 거지요. 후후후."

노형진의 말에 김성식은 고개를 끄덕거렸다.

"뭘 하든 위험할 걸세."

"압니다. 그래서 더더욱 재미있는 작전이 될 겁니다. 이미 예상하고 있었던 일인 만큼 그게 문제가 되지는 않을 거구요."

노형진은 자신 있게 말했다.

"그리고 홍안수는, 일을 저지르는 때는 자기 무덤도 파라는 일본 속담을 모르는 것 같네요."

⚖️

노형진이 다음에 한 일은 유민택에게 연락해서 보안을 강화하는 것이었다.

최악의 경우 홍안수가 유민택도 암살하려 들 수 있는 일이니까.

막나가기 시작한 정권에 있어서 두려움은 없다.

더군다나 대룡의 경우는 후계자의 나이가 너무 어린 탓에 그가 그 자리를 차지하지 못할 가능성도 존재한다.

회사 내부의 다른 놈을 부추겨서 그 자리를 차지하게 하는 경우는 대룡 자체가 넘어갈 가능성도 존재한다.

"나에 대한 암살이라……."

"농담이 아니라는 걸 아실 거라 생각합니다."

"자네가 이런 일로 농담을 할 사람은 아니지."

유민택은 그 어느 때보다 진지했다.

홍안수와 제대로 싸워야 한다는 것은 알고 있었다.

홍안수는 여러 가지 이유로 유민택과 대룡을 좋아하지 않았고, 무너트리기 위해 몇 번이나 노력해 왔다.

"최악의 수를 쓰기 시작했다면 우리라고 해서 안전한 건 아닐 테지. 방송국에서 적당히 핑계를 입히는 거야 어려운 일도 아니고."

유민택은 자리에서 일어나서 창가로 걸어갔다.

그리고 바깥에 다니는 사람들을 물끄러미 내려다보았다.

"자네는 여기서 사람들을 내려다본 적이 있나?"

"아니요."

"이렇게 보고 있으면 여러 가지 생각이 들지. 다른 회장들은 그러더군, 위에서 내려다보고 있으면 군림한다는 느낌이 든다고."

"틀린 말은 아니지요."

노형진은 고개를 끄덕거렸다. 그건 흔하게 하는 말이니까.

실제로 사람이 성공할수록 더 높은 건물을 올리고 더 높이 올라가려고 하는 건 그런 감정 때문인 것도 있다.

"하지만 난 좀 다르더군. 한때 나도 저 바닥에서 위를 올려다보면서 언젠가는 올라갈 수 있을 거라 생각했지."

그런 말을 하면서 유민택은 피식 웃었다.

"그 당시에 내가 올려다보던 건물은 채 20층이 되지 않았네. 그럼에도 불구하고 진짜 하늘에 닿은 것처럼 높아 보였지. 그런데 지금은, 몇 배나 높은 곳에 있는데도 불구하고 하늘은 한없이 멀구먼."

"만일 그렇게 쉽게 올라갈 수 있었다면 하늘이 아니겠지요, 회장님."

"하긴 맞아. 하늘에 닿지도 못하는데 그렇게 아등바등 돈을 위해 덤빈다는 게 좀 웃기기도 하고."

"그게 인간입니다."

"그게 인간이지. 그리고 나도 인간이고."

유민택은 창가에서 몸을 돌렸다.

"일단 창문에 제대로 방탄 처리를 하라고 해야겠군. 바깥에서 날아온 총알에 비명횡사하고 싶지는 않으니."

"뭐, 그럴 가능성도 존재하지요."

누군가는 말도 안 된다고 생각할 수 있다.

하지만 한국은 원래 역사와 너무나도 많이 바뀌었다.

테러범이 실제로 활약했고, 그래서 어마어마한 사람들이 죽었다.

더군다나 한국의 위에는 북한이라는 존재가 있다.

이쪽에서 일을 저지르고 북한의 소행이라는 말 한마디만 해도 상황은 끝이다.

실제로 북한에서 혼란을 야기하기 위해 재벌가를 노린다는 것은 흔하게 있는 음모론이니까.

'물론 북한이 진짜로 그럴 이유는 없지.'

북한이 한국의 혼란을 원하는 건 사실이다.

그렇지만 그러기에는 북한의 경제적 사정이 좋지 않다.

재벌가 죽어서 혼란은 야기할 수 있겠지만 그 대신에 지원은 끊어질 것이 뻔하니, 북한 입장에서는 어쩔 수 없이 모른 척해야 하는 것도 사실이고 말이다.

"자네는 일본으로 간다고?"

"그렇습니다. 홍안수는 분명 저를 따라다닐 겁니다. 그러니 제대로 그를 엮기 위해서는 제가 미끼가 되어서 따라가는 수밖에 없지요."

"미끼라……. 위험한 행동을 하는군."

"언제는 안 그랬습니까?"

"하긴."

유민택은 고개를 끄덕거렸다.

"그러면 경호원이 필요한가?"

"그렇잖아도 그 문제로 이야기를 드리고 싶습니다만. 제가 아는 경호 전문가들은 미국 쪽이라서요."

노형진이 아는 경호 전문가들은 민간 군사 기업들 소속이다.

그들의 경호 실력이 기본적으로 아주 뛰어나는 건 안다. 하지만 결정적인 문제가 있으니, 그들은 미국 출신이라는 거다.

"미국에서는 경호하려면 가장 먼저 막아야 하는 게 바로 총이지요."

"하지만 일본은 총기가 불법이지."

"그렇다고 아예 모른 척할 수도 없고요."

총기가 불법이지만, 일본의 야쿠자들도 비밀리에 소총을 들고 다니는 것이 현실이다. 지구상에는 총을 한번 사용하고 버리려는 사람도 있으니까.

"미국 내에 있는 경호 팀은 그러한 총격전 위주로 훈련이 되어 있습니다. 그러니 총격전뿐만 아니라 격투 쪽도 잘 아는 분이면 좋겠는데요."

물론 미군도 격투는 잘한다.

하지만 경호에서 중요한 부분은 단순히 잘 싸우는 게 아니라 의뢰인을 지키는 것이다.

싸우느라 정신이 팔려 정작 의뢰인은 지키지 못하는 황당한 꼴을 당하지 않으려면 말이다.

"그러면 애매하군."

근접 경호도 잘하지만 총기에 대한 대응책도 있어야 한다.

더군다나 일본은 노형진에게 있어서 사실상 적성국이나 마찬가지다.

증거를 찾기 위해 그 안으로 들어간다면 홍안수뿐만 아니라 일본 정부도 헛짓거리를 생각할 가능성이 존재한다.

"음…… 아, 적당한 곳이 한 군데 있군."

"그곳에 의뢰할 수 있을까요?"

"절대 싼 가격은 아닐 텐데."

"상관없습니다. 회장님이나 저나 돈 때문에 고민할 이유는 없지 않습니까?"

유민택은 고개를 끄덕거렸다.

노형진의 말마따나 그 또한 그 자신과 가족에게도 당분간은 경호 세력이 붙어야 한다. 그러기 위해서는 어차피 그들과 접촉해야 한다.

"그래. 내 기꺼이 소개해 주지, 후후후."

⚖️

마창식은 대룡으로 불려 와서 소개를 받았다.

보통은 의뢰인이 그를 찾아가며, 그게 힘들면 자기 부하를 보낸다.

하지만 이번에는 마창식이 직접 찾아왔다.

"이쪽은 마창식. 전 대통령의 경호실장이었네. 퍼펙트경호라고, 경호 회사를 운영 중이지."

"대통령 경호실요? 그런데 왜 나오신 겁니까?"

마창식은 머리를 긁적거렸다.

"아무래도 경호실은 최측근들로 구성되니까요."

"아아아."

경호실은 최악의 경우 홍안수를 지킬 최후의 보루다.

그런데 그 안에 누군가 다른 사람이 있다는 것에 대해 홍안수가 좋게 생각할 리가 없다.

"현실적으로 대통령이 바뀌면 경호 팀 역시 바뀌는 게 정석입니다. 저희처럼 싹 잘리는 경우는 드물지만요."

홍안수는 자신의 주변에 자신이 믿는 사람만을 두려고 했고, 그 때문에 경호 팀을 깡그리 자르고 자신의 사람들로만 채워 넣었다.

"그래서 기존에 있던 사람들은 대부분 해직당했지요."

"해직요? 보통은 본업으로 돌아가지 않습니까?"

대통령 경호실은 외부에서 경호할 요원을 찾지는 않는다. 물론 아예 안 찾는 건 아니지만, 상당수 경호원들은 일반적으로 파견 형태로 온다.

보통 경찰이나 군 특수부대 출신들이 많이 파견된다.

외부에서 경호 능력을 가진 사람을 찾는 것도 쉬운 일은 아니거니와 보안의 문제도 있으니까.

"그게 말이죠."

마창식은 머리를 긁적거렸다.

"본직으로 돌아갔더니…… 견제가 들어오더군요."

"견제라고 하면?"

"아무래도 나이가 있으니까."

"아……."

대통령 경호실에 차출되는 건 아무래도 나이가 한창때의 사람들이다.

그들 입장에서는 파견돼서 수년간 경호실에서 일하다 본업으로 돌아가는 건데, 그러면 상대적으로 그곳에 아는 사람도 없고 또 승진 서열도 꼬이게 된다.

"똑같은 직급으로 가자니 후임이 이미 승진해서 더 높은 상황이고, 더 높은 직급으로 가자니 경호실에 있으면서 솔직히 실적이라는 것도 없고."

그래서 한번 파견 나가면 보통은 끝까지 경호실에 있다.

바뀐다고 해도, 그들이 한꺼번에 바뀌거나 하지는 않는다.

'보통은 말이지.'

하지만 홍안수는 대통령이 된 후 경호 인원을 깡그리 자르고 자신의 사람만으로 채웠고, 그 때문에 한꺼번에 경호실에서 나오게 된 것이다.

"그나마 자리를 잡은 사람들은 괜찮은데……."

본업으로 돌아간 후 결국 자리를 잡지 못한 사람들은 그곳에서 다시 나와서 할 수 있는 일을 찾았다는 것.

"그래서 차린 게 경호 회사군요."

대통령 경호실 근무라는 타이틀은 어마어마하니까.

"현실적으로 재벌가는 대부분 이 퍼펙트경호에 경호를 맡기는 편이지."

"그런가요?"

유민백은 몰랐다는 듯 말하는 노형진에게 웃으면서 설명을 해 줬다.

"한국의 경호 회사들은 아무래도 총기 대응에 한계가 있으니까."

한국은 총기 금지 국가다.

하지만 그렇다고 해서 총기가 아예 없느냐 하면 그것도 아니다.

이미 대형 폭력 조직에는 소총이 있다고 판단하고 있고, 실제로 몇 차례에 걸쳐서 범죄가 일어나기도 했다.

만구파 같은 경우는 지대공미사일까지 준비하지 않았던가.

"그렇다 보니 총기에 대응할 줄 아는 경호 팀이 필요하지."

"그게 바로 퍼펙트경호군요."

일반 경호 팀은 칼 같은 것에는 대응할 수 있겠지만 먼 거리에서 쏘는 총에 대해서는 거의 대응하지 못할 테니까.

"그러면 저에게 딱이군요."

일본으로 간다고 하면 가장 위험한 것은 총이다.

'일본도 마냥 총기 안전국인 건 아니니까.'

실제로 야쿠자들 사이에 전쟁이 일어나면 심심찮게 총이 나온다.

권총 같은 게 아니다.

그들이 쓰는 총은 소총이다.

그것도 민수용의 단발 소총이 아니라 군용의 연발 소총이다.

그러니 경호 팀이 필요한 건 당연한 일이다.

진짜 막나간다고 하면 노형진을 죽이고 야쿠자의 소행이라고 해 버리면 그만이니까.

"그러면 저희가 경호하게 될 곳은 일본입니까?"

"그렇습니다."

노형진의 말에 마창식은 갑자기 고개를 흔들었다.

"미안하지만 그러면 저희가 경호를 못 합니다."

"네?"

"뭐? 자네 지금 경호를 거절하는 건가?"

노형진도, 유민택도 놀란 표정이 되었다.

그럴 수밖에 없는 게, 지금까지 유민택과 같은 재벌가의 경호를 하던 게 그들이다. 그런데 총기 위험이 있다는 말에 꼬리를 말면 당연히 앞으로는 경호를 맡기지 않을 텐데, 그걸 알면서도 거절했기 때문이다.

하지만 이어지는 마창식의 말을 듣고 두 사람은 아차 싶었다.

"오해는 하지 마십시오. 안 하는 게 아니라 못 하는 겁니다."

"안 하는 게 아니라 못 하는 거다?"

"그렇습니다."

고개를 끄덕거린 마창식은 목소리를 낮추며 뒷말을 이었다. 아무리 유민택의 사무실을 싹 뒤져서 도청 장치를 확인했다지만 모를 일이니까.

다행히 대룡의 보안은 새론보다 뛰어나서 들어온 사람이 없었는지, 아무것도 걸리지 않았지만 말이다.

"저희가 총이 무서워서 그러는 게 아닙니다. 하지만 노형진 변호사님의 말씀대로라면 그들은 저희를 어떻게 해서든 떨구려고 할 겁니다."

"떨군다고요?"

"그렇습니다. 저는 대통령 경호실에서도 오래 있었고 재벌가의 경호도 오래 했습니다. 그래서 아무래도 주워듣는 게 좀 있지요."

마창식은 진지한 얼굴로 말했다.

"만일 일본에 가게 되면 아마도 저희에게는 이유도 없이 입국 금지가 떨어질 겁니다."

"입국 금지?"

"네. 원래 입국 금지에는 마땅한 이유가 있어야 하지만 일본은 그런 것에 신경 쓰지 않는 나라 중 하나입니다."

그냥 현 정권에서 마음에 안 들면 입국 금지를 내려 버리면 그만이다.

"아마도 입국 금지가 떨어져서 저희의 길이 막히면 그때 기회를 노리려고 하겠지요."

"그 말은……?"

"결국 현지 경호 회사를 고용해야 한다는 거죠."

일본에서 경호 회사를 고용해도 그들이 퍼펙트경호처럼 제대로 할 수 있는지 알 수는 없다.

그들에게 총기 대처 능력이 있는지도 알 수가 없고 말이다.

"솔직히 일본의 성향을 생각하면 능력이 있다고 해도 굳이 쓰지 않을 겁니다."

"뭐라고요?"

"경호의 기본은 목숨의 일대일 교환입니다."

경호 회사라고 이름만 건 곳과 진짜 경호 회사의 차이는 바로 목숨의 가치를 거는 것에 있다.

대충 폭력과 싸우는 놈들은 이름만 경호라고 올리는 놈들이 많다.

"하지만 진짜 경호는 아니죠."

누군가 총을 발견했을 때 진짜 경호원은 몸으로 의뢰인을 보호하도록 훈련받는다.

물론 만일에 대비해서 방탄조끼를 입기는 하지만, 경호용으로 나오는 얇은 방탄조끼는 아무래도 소총의 충격량을 감당하기 힘들다.

"그런 방탄조끼는 권총 정도만 막을 수 있습니다. 그것도 몸통에 맞으면 갈비뼈가 부러지는 정도로요."

소총의 경우는 당연히 대미지가 강하기 때문에 관통의 위험도 있다.

"그러니 일본에서 진짜 총으로 쏴 버릴 때 경호원들이 피해도 뭐라고 할 수가 없죠."

대신 총 맞으라는 건 대신 죽으라는 건데, 만일 경호원이 피한다고 해도 일본 언론에서 그를 뭐라고 할까?

"인간의 본능이 우선이라는 건가?"

"뻔하죠. 가족과 자식들을 들이밀면서 이런 사람더러 대신 죽으라는 게 말이나 되느냐는 식으로 나올 겁니다."

그러면 흐지부지되는 거고 노형진만 죽어 나가는 거다.

"아…… 그러면……?"

"제가 말씀드리고자 하는 게 그겁니다."

만일 일본이 경호 팀의 입국을 막는다면 결국 노형진은 두 가지 중 하나를 선택해야 한다.

하나는 일본에서 경호원을 고용하는 것.

다른 하나는 입국을 포기하고 한국으로 돌아오는 것.

"전자라면 수월하게 암살할 수 있고, 후자라면 뭘 하려고 했든 간에 막을 수 있겠지요."

노형진의 입국 자체를 막을 수는 없다.

노형진은 마이스터의 아시아 대리인이니 입국시키지 않았

다고 마이스터에 보복당할 가능성도 있으니까.

"하지만 경호 팀은 전혀 다른 문제죠."

"애매하군요."

확실히 그렇다. 경호 팀이 들어오지 못하게 하는 게 목적이라면, 일본은 그러고도 남는다.

실제로 일본은 아무런 이유도 없이 한국인의 입국을 막는 경우가 많다.

"하지만 일본의 다른 경호 회사들을 믿는 건 멍청한 짓이겠지요?"

"진짜 멍청한 짓이죠. 애초에 경호라는 게 누구를 위한 건지 생각하면 말입니다."

경호라는 건 결국 있는 사람 또는 권력자를 위한 서비스다.

동네 싸움이나 학교 폭력에 경호원을 쓰는 건 비효율적이다.

애초에 그런 업무를 하는 경호원은 진짜 위험한 부자들의 경호에 쓰지도 않고 말이다.

"노형진 변호사님께서 그곳에서 경호 회사를 고용했는데 그들이 업무를 성공적으로 해냈다면, 웃긴 일이지만 일본 경호 회사 입장에서는 망한 겁니다."

왜냐? 일본은 한국처럼 합리적인 나라가 아니기 때문이다.

"한국에서는 당연한 일이지만 일본에서는 당연한 게 아니고, 기업 단위의 보복이 들어올 테니까요."

만일 한국에서 야베를 경호해서 지켜 낸다면 그걸 매국노라고 욕하는 사람은 없다.

그건 일일 뿐이고 개인적인 감정과 상관없으니까.

"하긴, 일본은 그런 게 좀 다르기는 하지요."

일본과 사이가 좋지 않은 한국의 음식인 김치를 먹었다는 이유로 비국민이라고 모욕하면서 집단 린치를 가하는 것이 바로 일본의 속성이다.

"그래서 저희가 진지하게 말씀드리는 겁니다."

"흠……."

노형진은 잠깐 고민하다가 미소를 지었다.

"그러면 실험해 보면 되겠네요."

⚖️

"역시."

노형진은 공항에서 나오면서 고개를 돌려서 공항 건물을 바라보았다.

방금 경호 팀에게서 연락이 왔다.

입국하려고 하던 노형진의 경호 팀이 어째서인지 입국장에서 잡혀갔다는 것이다.

아무 이유도 말해 주지 않고 무조건 그들을 끌고 갔다는 것.

"제 말이 맞지요?"

마창식은 노형진에게 말하면서 그의 짐을 차에 서둘러 올렸다.

노형진의 주변에는 벌써 여섯 명의 사람들이 달라붙어서 사방을 살벌하게 살피고 있었다.

"맞네요. 그나저나 한국에서 오는 게 한두 명이 아닐 텐데, 용케도 콕 집어내는군요."

"한국에 있는 일본인 스파이가 얼마나 많은데요. 항공사에서 결제 내역을 들여다보고 걸러 내는 건 일도 아닙니다."

경호원의 경비 처리는 당연히 고용한 곳에서 해야 한다.

이번에 노형진은 경호원 다섯 명을 데리고 한국에서 건너왔다. 그런데 정작 노형진은 통과하고 경호원은 모조리 잡아갔다.

"다행이네요. 그래도 미리 들여보내서."

"일본도 이건 생각하지 못했을 테니까요."

노형진은 이번 사태에 대비해서 일주일 전에 미리 경호원들과 그 가족을 입국시켰다.

마창식의 조언에 따라 현금으로 지급해서 마창식의 가족 명의로 비행기를 타게 했다.

얼핏 보면 가족 여행이 되도록 꾸몄고, 실제로 가족 여행이 맞았다.

방금 전 경호원들의 가족은 일주일간의 관광을 마치고 모두 한국으로 돌아갔으니까.

"만일 가족들이 여기에 있으면 그들을 인질로 잡아서 뭔 짓을 하려고 할지도 모르니까요."

"그래서 가족들에 대한 또 다른 경호비까지 청구한 건가요?"

"그렇습니다. 현재 상황이 그러니까요. 타시죠."

마창식은 노형진을 차에 태우고 운전을 하기 시작했다.

그는 아주 진지한 목소리로 말했다.

"아직까지 저희 입장에서는 이상 징후는 발견하지 못했습니다."

"그렇겠지요."

노형진은 흐르는 창밖의 풍경을 보면서 조용히 말했다.

이상 징후가 있을 리가 없다.

지금까지는 노형진이 일본에 없었으니까.

'하지만 내가 들어온 이상 생길 가능성이 높아지겠지.'

일본 정부가 직접 손쓸지 아니면 한국 정부에서 손쓰도록 할지, 그건 알 수 없다.

하지만 어떻게 해서든 방법을 찾으려 할 거라는 건 어렵지 않게 예상할 수 있었다.

"하지만…… 분위기는 좋지 않더군요."

"분위기요?"

노형진은 고개를 돌려서 마창식을 바라보았다.

"경호를 하다 보면 많은 나라에 가게 됩니다. 그러면 그 지역의 분위기에 대해 많이 보게 되지요. 어떤 나라는 열정적이고 어떤 나라는 분노가 가득 차 있고, 그렇습니다."

"일본은요?"

"일본은…….."

마창식은 잠깐 고민하다가 조심스럽게 말했다.

"표현하자면, 모든 곳에 절망이 가득하다는 느낌이 있더군요."

"절망이라…….."

노형진은 턱을 문질렀다.

물론 한국도 상당한 절망이 퍼져 있기는 하다. 하지만 최소한 그 안에 분노할 것 정도는 남아 있다.

헬조선 헬조선 하면서 비하하기는 하지만 반대로 분노하기도 한다.

"분노라는 건 두 가지 면이 있습니다. 그중 한 면이 기대입니다. 다른 한 면은 아무것도 할 수 없다는 것에 대한 분노이고요. 그런데 일본은 분노조차도 없네요."

마창식은 차량의 바깥으로 흐르는 커다란 빌딩들을 바라보면서 말했다.

거대한 나라. 성공한 국가.

하지만 그 내면은 썩을 대로 썩은 상태.

국가에 분노하는 건 국가가 그 이상을 해 줄 수 있는데 해주지 않기 때문이다.

한국이 그런 상황이다.

그런데 일본은 그 분노조차도 없다. 마치 모든 것을 포기한 듯한 분위기랄까?

"일본은 뭐랄까, 이제는 그런 것 같지도 않아요. 최빈국에 나 가야 나오는 느낌입니다. 순수한 절망이죠."

기대조차도 하지 않는 것. 그게 일본의 분위기라는 거다.

"최빈국의 국민들이 가지는 분위기와 비슷합니다. 그냥 포기하고 순간만 버티자는 느낌이 강합니다."

"으음……."

"이 모든 게 노형진 변호사님 때문이라고 하면 죽이고 싶어 하는 게 당연하겠네요."

"억울한 말씀 하지 마세요."

비록 노형진이 머리를 쓰고 일본을 코너로 몰아붙였다곤 하지만 근본적으로 보면 이건 노형진이 한 것이 아니었다.

방사능 문제도 일본이 처음부터 적극적으로 차단했다면 문제가 되지 않았을 일이다.

그런데 일본은 그 재건비를 정치인들과 경제인들이 빼돌리는 데 혈안이 되어서 이 모든 문제가 생긴 것이다.

재건비로 들어간 돈은 절대 부족한 게 아니었다.

다만 그게 제대로 사용되지 않았을 뿐이다.

"결국 자기들이 돈 욕심에 저지른 일입니다. 제가 한 게 아니라요."

노형진이라고 해도 없는 약점을 만들어서 공격할 수는 없다.

"그만큼 분위기가 안 좋다는 겁니다."

"흠, 좀 웃기네요."

일본은 경제적으로 그 어느 때보다 활황기라고 한다.

물론 그 이면에는 미친 듯이 돈을 뿌리는 일본 정부가 있다.

야베노믹스라고 하는, 무차별적 돈의 살포 계획이 그것이다.

"그런데 분위기가 안 좋다……?"

"국민들도 바보는 아니라는 거죠."

아무리 언론을 지배한다고 해도 국민들의 체감이 극단적
으로 치닫는데 좋게 볼 리가 없다.

"흠……."

노형진은 그저 창밖만 바라볼 뿐이었다.

하지만 그 여유는 아주 잠깐이었다.

"뒤에 뭐가 붙었습니다."

마창식의 말에 노형진은 느긋하게 몸을 등받이에 기대었다.

노형진은 이럴 때에 뒤를 돌아보는, 경험이 부족한 사람이
아니다.

"어떻게 할까요? 떨굴까요?"

"가능합니까?"

"가능합니다만."

"흠…… 아니요. 떨구지 말죠."

"네?"

"애초에 제가 경호원을 이렇게 많이 고용한 건 제 움직임

을 저들에게 보여 주기 위한 것도 있거든요."

저들이 노형진을 추적하고, 그 후에 노형진이 뭔가를 손에 넣었다고 오해하도록 만들어야 한다.

"그러기 위해서는 저들이 절 따라와 줘야 합니다. 우리가 자신들을 감지하지 못했다고 생각하게 해야 하지요. 그래서 제 사무실의 도청 장치도 그냥 두고 있습니다."

"하지만 그러면 위험해질 텐데요?"

"그래도 상관없습니다. 아니, 이참에 일본 경호 회사도 한 곳 고용하도록 하지요."

마창식은 눈을 찌푸렸다.

"저희를 믿지 못하시는 겁니까?"

"아니요. 그 반대입니다. 믿기 때문에 그들을 고용하려고 하는 겁니다."

노형진은 차량의 뒷좌석에서 느긋하게 말했다.

누군가 보면 추적은커녕 어디 여행이라도 가는 사람 같았다.

"전에 일본인 회사를 고용하면 그들이 배신할 거라고 하셨 지요?"

"맞습니다."

"그 말은, 제가 일본 회사를 고용해서 방어를 한다면 공격 이 그쪽으로 들어온다는 거죠. 공격 방향만 예측해도 방어는 훨씬 쉬운 법이니까요."

"아!"

경호할 때는 근거리도 신경 써야 하지만 원거리도 신경 써야 한다.

하지만 그러자면 신경 써야 하는 변수가 너무 많아진다.

그런데 만약 역으로 쉽게 접근할 수 있는 루트를 만들어 준다면 어떻게 될까?

"그 말은……."

"맞습니다. 일본인을 고용하면 그곳이 녀석들의 접근 루트가 된다는 거지요."

그 말은 마창식이 방어하기 훨씬 쉬워진다는 걸 의미한다.

아예 모조리 한국인이면 사방을 경계해야 하겠지만 배신할 가능성이 높은 일본인 경호원이 있으면 그쪽만 신경 쓰면 되니까.

"그건 진짜 생각 못 했네요."

"후후후, 그런 사람들이 제법 많을 겁니다."

노형진은 씩 웃었다.

"홍안수도 마찬가지일 테고요."

진실 추적자

　노형진이 가장 먼저 찾아간 이는 다름 아닌 홍안수의 지도
교수였다.

　분명 홍안수와 관련해서 그가 스파이라는 증거는 없다.

　'하지만 내가 주한 일본 외교관에게서 읽은 기억이 있지.'

　그 기억에 따르면 홍안수는 일본에서 대학에 재학하던 중
추천을 받아서 일본의 스파이가 되었다고 했다.

　'그러면 답은 뻔한 거지.'

　일본인 중에서 누가 그를 스파이로 밀어줄 수 있을까?

　지금도 한국인에 대한 대우는 아주 낮은 게 일본이다.

　홍안수가 일본에서 배울 때는 한국은 전형적인 개발도상
국이었고 일본은 이미 선진국이었다.

당연하게도 그 당시 한국인에 대한 대우는 낮았고, 그런 한국인을 유심하게 살피면서 이 사람이 일본에 도움이 될 자인지 판단하는 사람은 많지 않았다.

　단 한 사람 빼고.

　"류마 겐지라고 합니다."

　노형진에게 사람 좋은 미소를 보내는 노신사.

　"노형진입니다."

　노형진은 류마 겐지의 손을 잡으며 웃었다.

　"이야기는 많이 들었습니다, 류마 겐지 교수님."

　반가운 척하는 노형진이지만 사실 하나도 반갑지 않았다.

　'류마 겐지. 나랑 있는 것 자체가 불편하겠지.'

　류마 겐지는 일본에서도 상당히 소문난 극우파 중 한 명이다.

　그는 일본의 한국 발전설을 지지하는 세력 중 한 명이다.

　그리고 그는 자신이 문과 교수임을 이용해서 한국어가 일본에서 넘어갔다고 주장하는 정신 나간 학자 중 한 명이기도 하다.

　물론 근거는 없다.

　'결정적으로 홍안수의 지도 교수지.'

　아마도 그때는 젊고 혈기 넘치는 교수였을 것이다.

　'중요한 건 그가 홍안수를 자기 제자로 받았다는 거야.'

　사실 홍안수를 추적하기로 했을 때 그 부분이 가장 문제였다.

시작점을 언제로 잡을 것인가?

하지만 그가 일본에서 받은 혜택을 생각하자 답이 나왔다.

'극우 세력의 일본 교수가 한국인을 자기 제자로 받아?'

그건 말도 안 된다. 그것도 그 시절에?

어떤 목적이 있지 않고서야 그런 일은 절대 일어나지 않는다.

'그리고 홍안수는 원래부터 친일파로 유명했다고 하니.'

애초에 홍안수의 집안 자체가 매국노 집안이다 보니 그들은 일본을 위해 뭐든 하려고 하는 성향이 강했다.

그 당시 일본에서 같이 공부한 사람들의 말에 따르면, 성공에 대한 욕심이 과해서 일본에서 자리 잡기 위해 뭐든 하려고 했다고 한다.

'사실 그게 그 당시에는 너무나 당연했고.'

마치 지금의 한국과 동남아 국가처럼, 그 당시 한국과 일본의 격차는 어마어마해서 환율의 차이가 극심했다.

그 당시에 한국에서는 기껏해야 몇만 원 받는 월급을 일본에서는 편의점에서만 일해도 수십만 원 받을 수 있었고, 일본에서 돈을 벌어서 한국에다가 집을 사고 땅을 산 사람들의 소문이 사방에 있었다.

더군다나 홍안수가 맨 처음 일본으로 올 때 한국은 여행 자유국이 아니었다.

한국이 여행 자유국이 된 것은 1983년이었다.

그마저도 50대 이상의 성인이 기준이었고 국가에 200만 원을 맡겨 두고 나가야 했다.

그 당시에 일반적 월급이 20만 원이었으니 거의 1년 치 수익을 맡겨야 했던 것이다.

모든 사람의 여행 자유화가 된 것은 1989년이다.

'그런 상황에서 일본에 남고 싶다면 뭐든 했겠지.'

그리고 그걸 캐치하고 스파이로 추천한 것이 바로 이 사람 류마 겐지일 것이다.

그가 아닌 그 누가 한국이라는 가난한 나라에서 온 사람에게 관심이나 가졌겠는가?

그래서 노형진은 류마 겐지를 표적으로 삼았다.

"그래서 무슨 일입니까? 그 유명한 마이스터의 대변인이 일개 학자를 찾아올 이유가 없을 텐데요?"

명백하게 비꼼으로 가득한 질문이다.

'뭐, 애초에 좋게 끝날 거라고 기대도 안 했다.'

다른 사람도 아니고 극우 교수다.

거기에다 국가에 스파이까지 추천해 줄 정도의 인맥이 있는 놈이 제대로 대답해 줄 리가 없다.

'그렇다고 해서 방법이 없는 건 아니지.'

노형진은 애초부터 강하게 나가기로 마음먹고 왔기 때문에 눈짓했다.

그러자 노형진의 등 뒤에 있던 경호원이 류마 겐지에게 다가갔다. 그리고 다짜고짜 그를 붙잡고 강제로 일으켜 세웠다.

"뭐…… 뭐 하는 짓이냐?"

"뭐 하는 짓이냐고?"

노형진은 웃으면서 일어났다.

그리고 그의 어깨에 손을 올렸다.

일이 이렇게 된 거, 어차피 막나가기로 한 이상 사정을 봐줄 이유가 없다.

"류마 겐지, 홍안수를 일본 정부에 스파이로 추천해 준 자."

"뭐…… 뭔 소리야!"

"내가 모를 거라 생각하나? 교수라서 그런가? 미다스의 정보력이 세계 제일이라는 말은 들어 본 적이 없나 보군."

그 말에 류마 겐지의 눈빛이 눈에 띄게 흔들렸다.

"간단하게 말하지. 홍안수가 일본의 스파이라는 증거, 그리고 그걸 포섭한 실무자와 관련자 명단을 내놔."

"헛소리하지 마! 난 그런 거 몰라!"

류마 겐지는 당연히 거칠게 저항하며 대답하지 않았다.

하긴 노형진은 이미 공식적으로 류마 겐지를 방문했다. 그런 만큼 그의 입장에서는 노형진이 설마 무슨 짓을 저지를 리는 없으리라고 생각한 것이다.

실제로 그럴 수도 없고 말이다.

'물론 내 능력을 빼면 말이지.'

사이코메트리를 이용해서 류마 겐지에게서 정보를 빼내는 것이 노형진의 목적이었다.

"내가 모를 것 같아? 다 알고 온 거야, 류마 겐지. 다만 증언과 증거가 필요할 뿐이지."

"무슨 말도 안 되는 소리야! 나는 홍안수라는 사람 몰라!"

"아무리 그래도 모른다는 건 아니지. 얼마 전에 방송에 나가서 한국을 씹었잖아? 그런 사람이 홍안수를 모른다고? 현 한국 대통령을? 거짓말을 하려면 제대로 해야지."

"모른다니까."

"그래?"

노형진은 씩 하고 웃었다.

"사노 유지는 이야기가 다를 것 같던데?"

"뭐?"

"자네가 홍안수를 소개해 준 일본의 정보부 요원 아닌가? 그 녀석에게 홍안수를 넘기면서 한국에 스파이로 파견하기로 이야기했잖아."

류마 겐지는 입을 다물었다.

이건 진짜 생각도 못 한 말이었으니까.

물론 노형진은 단서 하나라도 더 알아내기 위해 계속 그를 흔들었다.

"그때 그랬다며? '머리가 좋은 놈입니다. 제대로 훈련만

시키면 우리가 미래에 한국을 지배하게 될 핵심적인 인력이
될 수도 있습니다.'"

"그걸…… 어떻게……?"

"이미 다 알고 왔다니까, 류마 겐지. 그런데 미안해서 어
쩌나? 거기까지 온갖 고생을 하면서 홍안수를 올렸는데, 우
리는 홍안수를 탄핵시킬 거야."

노형진은 그렇게 말하면서 경호원에게 눈짓했다.

그러자 경호원들은 류마 겐지를 놔줬다.

"미안하지만 말이지, 당신이 원하는 한국 지배의 꿈은 이
뤄지지 못할 것 같네."

노형진은 그렇게 말하면서 몸을 돌려서 바깥으로 나갔다.

"정보 고마웠어, 겐지 교수."

그렇게 노형진이 바깥으로 나오자 재빠르게 마창식이 달
라붙었다.

"진짜입니까?"

"뭐가요?"

"사노 유지라는 이름 말입니다."

"진짜입니다."

분명 류마 겐지가 떠올린 기억에 있는 이름이었다.

심지어 그의 연락처가 아직도 있었다.

그 말은 생각보다 류마 겐지가 이런 스파이 작전의 핵심
멤버라는 소리다.

'하긴 류마 겐지에게 발굴되어서 스파이 노릇을 한 매국노가 뭐 한두 놈도 아닐 테고.'

그러니 사노 유지라는 이름에 예민하게 반응한 것이다.

"일단은 그 사노 유지의 집으로 들이닥치죠."

"네? 증거도 없이요?"

"증거를 만들러 가는 겁니다."

노형진은 그렇게 말하면서 교수의 사무실이 있는 건물을 힐끔 보았다.

"어차피 류마 겐지에게는 미래가 없을 테니까요."

"젠장! 젠장!"

류마 겐지는 다급하게 전화기를 들었다.

이건 심각한 문제였다.

"나다! 류마!"

ㅡ이 시간에 어쩐 일이십니까, 교수님? 적당한 교화 대상이라도 나왔나요?

수화기 너머에서 들려오는 천연덕스러운 상대방의 목소리.

하지만 류마 겐지는 웃을 수가 없었다.

"사노! 지금 너에 대해 알고 있는 사람이 있다! 네가 위험하다!"

　－무슨 말씀이십니까? 저에 대해 알고 있는 사람이라니요?

　"말 그대로 네가 한 일에 대해 알고 있단 말이다. 그놈이, 네가 일본에서 한국으로 포섭해서 보내는 스파이 훈련자인 것을 알고 있단 말이다!"

　상대방은 잠깐 침묵을 지켰다. 믿기지 않는 말에, 상황을 파악하기 힘든 듯했다.

　"사노!"

　하지만 류마 겐지의 목소리에 현실을 제대로 깨달은 듯 다급하게 물어 왔다.

　－그게 무슨 말입니까? 그걸 아는 건 극히 일부뿐입니다.

　"이미 다 알고 왔다! 그놈은 홍안수가 우리 스파이인 것도 알고 있어! 노형진 그놈은 우리를 공격해서 홍안수를 탄핵시킬 계획이야!"

　－그럴 수는 없습니다!

　사노 유지의 목소리가 높아졌다.

　그나마 일본이 버티는 건 거의 퍼다 주다시피 하는 홍안수의 행동 때문이었다.

　거의 모든 정책에서 홍안수가 미친 듯이 일본에 양보하고 돈을 퍼 주고 있는 상황이었다.

　심지어 홍수가 났을 때에도 한국은 미국보다 많은 돈을 보내 줬다.

공식적으로는 지원금이지만, 비공식적으로는 그걸 핑계로 홍안수가 보내 준 공작금이다.

"미다스 그놈이란 말이다!"

―미다스라니…….

사노 유지는 떨떠름해졌다.

그는 정보 계통에서 일하기 때문에 안다. 미다스의 정보력이 얼마나 대단한지. 그리고 얼마나 위험한지도 말이다.

그런데 미다스가 자신을 노린다?

―알겠습니다, 류마 교수님. 저는 일단 몸을 피하지요.

"당장 몸을 피해라. 그리고 관련 증거는…….”

―이미 안전한 곳에 보관 중이니 걱정하지 마십시오.

류마 겐지는 사노 유지와의 통화를 끝내고는 의자에 털썩 주저앉았다.

"젠장…… 어떻게 이런 일이…….”

그는 푸념하고 있었지만 그 때문에 몰랐다, 그의 말을 듣는 사람이 있다는 것을.

"빙고!"

노형진은 좀 떨어진 곳에 주차된 차량 안에서 스피커로 나오는 류마 겐지 교수의 목소리를 듣고 있었다.

정신을 흔드는 사이에 다른 경호원이 슬쩍 도청 장치를 설치하는 건 어려운 일이 아니었고, 발각된 사실을 안 류마 교수가 사노 유지에게 전화할 거라는 것쯤은 어렵지 않게 예상할 수 있었다.

"일단 홍안수가 스파이라는 첫 번째 증거는 구했네요. 좀 부족하기는 하지만요."

그 녹음 파일에서 류마 교수는 홍안수가 스파이라고 인정하는 발언을 했다.

그러니 이게 드러난다면 류마 교수 입장에서는 심각한 문제가 될 것이다.

"물론 이것만으로는 부족하죠."

류마 교수의 목소리로 녹음되어 있다지만 그렇다고 해서 이걸 공개했을 때 홍안수를 스파이로 믿는 사람은 많지 않을 것이다.

"그럴 겁니다. 어찌 되었건 류마 교수는 한국에 극단적으로 적대적인 사람이니까요."

그러니 만일 일이 터진다고 해도 사람들은 류마 교수가 한국에 혼란을 불러오기 위해 위증했다고 할 수도 있다.

그리고 그런 논란이 일어날 경우, 류마 교수는 홍안수를 보호하기 위해 그걸 인정할 것이다.

"하지만 류마 교수는 자기 목숨으로 이 녹음 파일을 인정하게 될 겁니다."

"목숨이라니요?"

"그런 게 있습니다."

노형진은 그렇게 말하면서 주소 하나를 건넸다.

"이쪽으로 바로 움직이지요. 아, 그리고 일본에서 고용한 경호 팀은 얼마나 걸린답니까?"

"바로 출발한답니다. 그런데 서른 명이나 필요할까요?"

"필요할 테니까 걱정하지 마세요. 우리가 먼저 가야 하니 바로 그쪽으로 가시죠."

노형진은 그렇게 말하면서 고개를 돌려서 대학 건물을 바라보았다.

"잘 가시길, 류마 교수."

⚖

"류마 교수의 처분은…… 알겠습니다. 그렇게 알고 있겠습니다."

대화를 끝낸 사노 유지는 전화를 끊었다.

그리고 고개를 스윽 돌려서 집 안을 바라보았다.

"미안하지만 류마 교수, 당신 선에서 증거가 사라져야겠어."

사노 유지는 그렇게 말하면서 짐을 짊어졌다.

"그래도 이곳에서는 제법 오래 살았는데."

그는 직업 때문에 결혼도 포기하고 오로지 일만 하며 살았다.

실수로라도 자신의 일에 대해 새어 나가면 곤란하기에 누구도 만나지 않고 오로지 대일본국의 명예만을 위해 살았던 삶.

"당분간은 조용히 지내야겠군. 그나저나 그 노형진이라는 작자는 도대체 나에 대해 어떻게 안 거지?"

현실적으로 그의 이름을 아는 사람은 오로지 류마 교수 한 명뿐이었다.

그가 심사했던 사람들 모두 그를 가명으로 알고 있었다.

그런 만큼 그에 대해서는 드러나지 않아야 한다.

"류마 교수. 역시 배신한 건가?"

진짜 이름을 아는 건 류마 교수밖에 없으니 그것 말고는 다른 이유가 없어 보였다.

"뭐, 이제는 상관없나."

살짝 눈을 찡그리는 사노 유지.

"그나마 다행인 건 요즘 한국에서 인재가 많이 들어왔다는 건데."

노형진이 친일파 사냥을 하는 것이 널리 알려지자 친일파들이 일본으로 도피해 온 것은 사실이다.

특히나 특정 사이트가 친일파의 성지가 되면서 그곳을 통해 적지 않은 인원이 들어온 건 좋은 일이었다.

"다만 추적이 들어왔으니 당분간은 조심해야겠군."

사노 유지는 그렇게 중얼거리면서 짐을 챙겨서 집을 나가려고 했다.

그 순간 울리는 벨 소리에 사노 유지는 움찔했다.

"어떻게?"

집 앞에 모여 있는 남자들. 그들의 분위기는 흉흉하기 그지없었다. 그리고 그 안에서 사노 유지는 익숙한 얼굴을 발견할 수 있었다.

"노형진? 어떻게? 말도 안 돼! 여기는 아무도 모를 텐데?"

물론 류마 겐지는 알고 있지만, 그는 아무런 말도 하지 않았다고 했다.

그가 실종되거나 한 건 아닌 만큼 고문당하거나 폭행을 당해서 사실을 말했을 가능성은 높지 않음에도 불구하고 여기를 알아냈다는 것은 한 가지만을 의미한다.

"역시 배신이었던 거냐?"

사노 유지는 눈을 찌푸렸다.

물론 만일에 대비해서 처분이 결정되었다고 하지만 배신이 확실시되자 그는 이를 뿌드득 갈 수밖에 없었다.

"일단 입구로는 못 들어와서 다행인데."

다행히 이 아파트는 입구가 이중이다.

즉, 저들은 현관에 걸려서 들어오지 못하고 있는 것이다.

"지하에 차량이 있으니까."

이곳을 아지트로 삼은 것은 탈출로를 확보하는 게 쉽기 때문이다.

물론 일반적으로는 자국 내에서 탈출로까지 확보할 이유

는 없지만, 그는 다른 일본인들처럼 시스템과 커리큘럼을 중요시하는 사람이었다.

당연히 만일에 대비하기 위해 비상 통로를 확보해 둔 것이었다.

"아깝지만 어쩔 수 없지."

그는 주변을 스윽 둘러보다가는 주방 아래에서 작은 통을 꺼냈다.

그리고 내용물을 옷장이나 기타 장소에 뿌리고는 불을 붙이고 그대로 도주했다.

만일에 대비해서 화재 제압용 스프링클러까지 박살을 내고 나온 그는 조용히 화물용 엘리베이터를 타고 지하로 내려가 자신의 차량으로 다가갔다.

그 시각, 노형진은 바깥에서 다시 한번 벨을 누르다가 시계를 확인했다.

"없는 걸까요?"

"없을 수도 있고, 아니면 우리를 무시하는 것일 수도 있지요."

"으음."

마창식은 조용히 입맛을 다셨다.

조용히 잡으러 올 줄 알았다.

물론 틀린 것은 아니다. 하지만 인터폰을 누르는 건 전혀 예상하지 못한 일이었다.

"도망치면 결코 잡지 못할 겁니다."

"걱정 마세요. 어디로도 도망가지 못하니까."

노형진은 씨익 웃다가 갑자기 문이 열리면서 황급하게 뛰어나오는 사람들을 보고 눈을 크게 떴다.

동시에 안에서 울려 퍼지는 사이렌 소리.

"어, 이건?"

"뭐죠?"

다들 어리둥절한 그때, 노형진은 고개를 들어서 천장을 바라보았다.

그리고 그제야 하늘로 치솟는 연기를 발견할 수 있었다.

"아무래도 사노 유지 이 사람, 집에 있었나 본데요?"

⚖

"많이도 탔네."

소방관들은 안전을 위해 출입 금지 라인을 설치해 놨지만 노형진은 그걸 넘어서 안으로 들어갔다.

어차피 누가 신경 쓰지도 않는 시간이니까.

"아무래도 우리가 오는 걸 보고 도주한 것 같습니다."

마창식은 주변을 둘러보며 말했다.

화재는 우연으로 보이지 않았다.

보통 화재는 주방이나 전원을 많이 쓰는 곳에서 합선으로 일어난다.

"그런데 화재가 주로 서재 쪽에서 일어났네요."

"혹시나 무슨 서류가 있을지 모르니까요."

그 덕분에 서재는 아주 깔끔하게 불타 있었다.

온 사방에 기름 냄새가 가득한 것이, 아무리 봐도 휘발유를 뿌리고 고의로 불을 지른 게 분명했다.

"이거 아무래도 고의 같죠?"

"그럴 겁니다. 그게 아니라면 이런 기름 냄새가 남을 리가 없죠."

더군다나 이 건물에서는 휘발유를 쓸 이유가 없다.

그 말은 만일에 대비해서 휘발유를 준비해 놨다는 걸 의미한다.

"아무래도 사노 유지는 다급하게 도망간 것 같은데…….
어떻게 하실 겁니까? 잡기는 그른 것 같은데요?"

사노 유지가 본명이라고 해도 그 이름으로 추적하는 건 불가능하다.

주민등록 제도가 없는 일본이니 동명이인을 구분해서 판단할 수가 없기 때문이다.

"뭐, 상관없습니다."

노형진은 어깨를 으쓱했다.

"애초에 관련 정보는 다 알고 있거든요."

"네? 그게 무슨 말씀이십니까?"

"최고 라인까지 관련자들을 다 알고 있다는 겁니다."

"네? 그런데 어째서 이런 짓을……?"

"아래쪽에서부터 천천히 조여 갈 생각이거든요. 사실 최고위 라인까지 가면 우리가 떠들어 봐야 제대로 공격도 안 먹힐 테고."

"아! 그러니 차라리 아래쪽에서 공격해서 붕괴시킬 생각이었군요."

"맞습니다."

물론 진짜로 최상위 라인까지 다 알고 있는 건 아니다.

하지만 아래쪽에서 추적해서 올라가다 보면 결국은 그들에게 닿게 되어 있다.

'나름 머리를 써서 점조직으로 운영한 모양이지만……'

하지만 점조직이 효과를 발휘하는 것은 노형진 외의 다른 사람에 한해 가능한 일이다.

아무리 점조직이라고 해도 바로 윗사람에 대해서는 알아야 한다.

그래야 다른 자들에게 속아 넘어가지 않으니까.

'그리고 그런 조직에, 나라는 존재는 말 그대로 천적이지.'

아무리 감추고 싶어 해도, 아무리 고문에 익숙해진다고 해도 결국 자기 혼자만의 기억까지 지울 방법은 없다.

그러니 노형진은 그 기억을 읽어 내서 최종 목적지로 향할 수가 있다.

"제법 깔끔하게 탄 것 같네요. 소방관들이 많이 힘썼나 보네요."

노형진은 타다 만 책상에 슬쩍 손을 올렸다. 그리고 기억을 읽기 시작했다.

'호오? 이렇게 많았어?'

일본에서 포섭되어 파견된 스파이는 홍안수뿐만이 아니었다.

유명한 친일파뿐만 아니라 일본에 적대적이라고 소문난 자들 중에도 일본 스파이는 제법 많았다.

'일단 이름은 기록해 두고……'

노형진은 핸드폰의 메모장 앱에 관련자들의 이름과 직책 등을 적어 뒀다.

'그리고 마지막 기억은……'

다급한 상황이다.

류마 겐지에게 전화를 받자마자 당연히 도피를 준비했을 것이다.

인간은 그런 상황에서 가장 먼저 해야 하는 일을 확인한다. 그 말은, 그게 가장 중요한 정보라는 의미이기도 하다.

'일단 소각은 이뤄졌고.'

하지만 노형진은 애초에 여기에 있는 자료에 그다지 큰 기대는 하지 않았다.

상식적으로 여기는 개인 숙소다.

그 말은 보안성이 떨어진다는 것이며, 당연하게도 여기에 중요한 정보가 들어간 자료는 두지 않는다는 것을 의미한다.

'중요한 건 이놈이지.'

노형진은 웃으면서 반쯤 타다 만 책상을 스윽 문질렀다.

그가 뭘 하든 모든 행정 업무는 서류로 이루어진다.

그러니 필요한 서류들은 여기서 이메일로 작성했어야 한다.

그 말은 서류 작성에 필요한 기억이 여기에 남아 있다는 것을 의미하고 말이다.

'어디 보자고, 사노 유지. 과연 무슨 생각을 했는지 말이야, 후후후.'

노형진은 미소를 지으면서 차근차근 기억을 읽기 시작했다.

⚖️

"꺼어어억!"

퇴근하다가 납치당한 류마 겐지는 배로 들어오는 날카로운 칼날의 느낌에 비명을 지르려고 했다.

하지만 이미 구멍이 난 폐는 비명이 아닌 바람 빠지는 소리만 낼 뿐이었고, 류마 겐지의 헛된 손길을 수월하게 피한 상대방은 칼을 빼고는 그를 툭 밀었다.

그러자 힘없이 쓰러지는 류마 겐지.

그는 바닥에 누워서 부들부들 떨다가 그대로 축 늘어졌다.

"괜찮으십니까, 과장님?"

칼을 꺼낸 남자는 고개를 돌려서 뒤에 서 있는 상관을 바라보았다.

"그다지 별다를 건 없어."

사노 유지는 이제는 시체가 되어 버린 류마 겐지를 보면서 혀를 끌끌 차고 있었다.

"그렇잖아도 분수도 모르고 정치 쪽에 발을 담그겠다고 해서 위에서 불만이 나오는 중이었어."

"아, 그랬습니까?"

"그래. 냄새 맡는 사냥개 노릇 몇 년 했다고 주인이 되려고 하더군."

사노 유지는 피식 웃으면서 몸을 돌렸다. 그리고 손을 흔들자, 보고 있던 사람들이 류마 겐지의 시체를 땅속으로 묻기 시작했다.

"예정대로 북한에 납치당한 것으로 한다. 납북민단에 이야기해서 그쪽으로 몰아붙이라고 해."

사실 일본에서 납북 문제는 심각하다.

하지만 더 큰 문제는 일본 경찰이나 정치인이 제대로 수사하거나 추적하기보다는, 수사가 조금만 힘들어질 듯해도 그냥 납북으로 주장해 버린다는 데에 있다.

물론 실제 북한에 의한 납치 사건은 벌어졌다.

북한은 한국에 스파이를 보낼 때 비슷하게 생긴 일본인으로 위장시키는 걸 선호한다.

대표적인 예가 바로 칼기를 폭파시킨 김현희다.

그녀는 맨 처음 잡혔을 때 일본인임을 주장하다가 같이 목욕하러 간 여자 수사관이 기습적으로 뜨거운 물을 뿌리자 한국어로 '앗, 뜨거!'라고 하는 바람에 결국 신분이 들통났다.

북한 입장에서는 스파이 교육에 제대로 된 선생님을 쓸 수는 없고, 일본어를 할 줄 아는 북한 사람은 미묘한 성조의 차이가 있기에 실제로 일본에서 사람을 납치해서 스파이로 키우는 데 썼고 여전히 돌려보내지 않고 있다.

현재 북한은 열세 명을 납치한 걸 인정했고, 일본은 열일곱 명이 납북되었다고 추정하고 있다.

그런데 웃긴 건, 민간단체가 주장하는 납북 의심자는 사백 명 정도인데 정작 일본의 경찰은 거의 구백 명에 가까운 사람들이 납북되었다고 주장한다는 점이다.

즉, 수사하다가 방법이 안 보이면 그냥 납북 처리하는 것이다. 그 말 한마디면 북한이 욕먹고 자기들은 일하지 않아도 되니까.

그걸 알기에 사노 유지는 경찰에 이야기해서 이걸 납북으로 몰고 가라고 하는 것이다.

그러면 누구도 류마 겐지를 찾으려고 하지 않을 테니까.

"뭐, 대체할 수 있는 개들은 많으니까. 슬슬 나이 먹는데

쓸데도 없었고."

사노 유지는 그렇게 말하면서 그곳에서 나왔다.

"노형진은?"

"불이 난 아파트에 들어가서 잠시 있다 나왔습니다만 아무 것도 건지지 못한 걸로 추정합니다."

"당연하지. 건질 만한 것도 없었을 거야."

그야 당연하다. 제대로 불을 질렀고, 그 때문에 내부가 완전히 타 버렸을 테니까.

"일단 당분간은 모든 선을 끊는다. 만일 탄핵까지 가면 우리가 곤란해. 어떻게 해서든 그 자리에 있을 때 뭐든 건져 내야 한다. 그리고 다음 스파이로 쓸 만한 놈들이 있는지 알아보고 보고해야 하니까."

"알겠습니다."

부하와 함께 산에서 내려온 사노 유지는 자신의 차로 새로운 숙소로 가려고 했다. 그러나 그 계획은 갑작스러운 상황 때문에 멈출 수밖에 없었다.

"사노 상! 문제가 생겼습니다!"

"문제?"

"바, 방금 회사에서 연락이 왔는데……."

"연락? 무슨 연락?"

이들이 말하는 회사는 당연히 조직이다.

그곳에서 지금 연락이 올 이유는 없었다. 당분간은 조심하기로 했으니까.

하지만 그다음 순간, 사노 유지는 온몸에 소름이 돋은 채 얼어붙었다.

"사노 상의 부모님 댁에 노형진이 나타났다고 합니다."

"사노 상이 쉽게 안 오네요."

"……."

사노 유지의 부모는 진땀을 흘리고 있었다.

자신들을 찾아온 남자들.

그들은 위협하고 있지는 않지만 두려운 존재였다.

"걱정하지 마십시오. 저는 그저 사노 상을 만나 뵙고 가려고 할 뿐입니다."

"저희 아들이 바빠서……."

"바쁘기는 하지요. 국가를 위해 일할 스파이들을 교육시키는 게 얼마나 힘든 일인지 제가 모를 리가 없지 않습니까?"

"사노는 그런 사람이 아닙니다. 회사에 다니는 평범한 직장인입니다."

"그래요?"

노형진은 웃으며 바깥을 내다보았다.

슬슬 저쪽에서 알아차릴 시간이다.

"그걸 증명하는 건 이런 거죠."

"네?"

"제가 사노 씨에게 전화하지 말아 달라고 하지 않았습니까? 안 그런가요?"

"그런데요?"

"만일 사노 씨가 전화도 하지 않았는데 여기로 온다면 제 말이 맞을 테지요. 물론 오지 않는다면……."

노형진은 말하다 말고 어깨를 으쓱했다.

"다른 방법을 찾으면 그만이고."

사노의 부모는 움찔했다.

그 다른 방법이라는 게 결코 그들에게 좋은 방법일 거라고는 생각되지 않았으니까.

"하지만 형진 상…… 우리 아들은 평범하게 살았는데……."

"네, 평범하게 한국에 스파이를 보내면서 살았지요. 사실 그런 인생치고는 제법 평범하기는 합니다만."

노형진은 힐끔 시계를 보았다.

이제 해가 뜨고, 바깥의 경호 팀은 더더욱 경계하고 있다.

'선빵은 못 치지.'

노형진은 기억 속에서 사노 유지의 가족을 찾아냈다.

물론 상관도 찾아냈지만 계획을 위해서는 상관보다는 사노 유지의 가족이 더 적당했다.

'뭐, 내가 간 후에 가족들이 어떻게 될지는 모르지만.'

지워질지, 아니면 조용히 지나갈지.

'아니, 조용히 지나가는 건 무리이려나?'

노형진은 이번 사건을 감출 생각이 없기에 대놓고 사노 유지가 스파이 양성 담당이라는 말을 했고, 그 말을 들은 두 사람은 큰 충격을 받아서 눈빛이 흔들리고 있었다.

"그나저나 안 오시는군요. 아무래도 제가 다른 방법을 써야 할 것 같은데……."

노형진이 막 자리에서 일어나려고 할 때였다.

마창식이 다가와서 노형진의 귓가에 작게 중얼거렸다.

"도착했습니다."

"들어오라고 하세요. 자기 집인데 못 들어오는 것도 웃긴 일이고."

잠시 후 사노 유지가 집 안으로 들어왔다.

그는 당혹감에 정신을 차릴 수가 없었다.

'어떻게……?'

자신에 대해 아는 사람은 극히 드물다.

노형진에게 정보를 주었다고 의심되는 류마 겐지는 이미 죽었고, 죽지 않았다 해도 어쨌건 그가 아는 건 자신의 집과 전화번호 그리고 이름뿐이지 가족들의 정보는 전혀 모른다.

"앉으시지요, 사노 유지 씨."

노형진은 그렇게 자리를 권했다.

그리고 그의 부모에게 미소를 지으며 말했다.

"미안한데 자리를 좀 비워 주시겠습니까?"

"아…… 저……."

"저희는 조용히 갈 겁니다. 걱정하지 마세요."

두 사람은 떨리는 눈빛으로 방에서 나갔다.

"도대체 네놈은 뭐냐?"

사노 유지는 이를 뿌드득 갈면서 말했다.

노형진은 대답하는 대신에 눈짓했다.

그러자 경호원 두 사람이 그에게 다가왔다.

그리고 류마 겐지 때처럼 다짜고짜 사노 유지를 붙잡았다.

"뭐 하는 짓이냐?"

"개인적인 질문을 하고 싶어서 말이지."

"개인적인 질문?"

노형진은 그의 어깨에 손을 올리며 친근하게 웃었다.

"일본으로 보낸 스파이 말이야, 네가 훈련시켰다며? 그러면 그 위 라인에 대해서도 알겠네?"

"헛소리! 난 그런 일 따위 한 적이 없다!"

"그래. 그런데 그런 것치고는 너무 당찬 거 아냐? 어떻게 알았는지는 모르겠지만 부모님이 위험하니까 바로 달려왔잖아. 어떻게 안 거야?"

"으음……."

사노 유지는 침음성을 삼켰다. 안전 문제로 부모님의 집을 감시한다는 건 비밀이었으니까.

'나한테는 아니지만.'

노형진은 그걸 알기에 그를 불러내기 위해 고의로 여기로 온 것이다. 계획을 위해서는 그와 개인적으로 대면하는 시간이 있어야 하니까.

"난 그런 거 모른다!"

"그래?"

노형진은 절대 때리거나 하지 않았다.

그럴 이유가 없다.

"거짓말을 하려면 제대로 해야지. 만일 네가 가족이 걱정되어서 온 거라면 혼자가 아니라 경찰을 데리고 왔어야지."

"큭."

"하지만 못 부르겠지. 난 아직 살아 있고, 그 뒷감당은 힘들 테니까."

만일 경찰이 여기서 노형진을 잡아간다면?

마이스터와 미다스가 무슨 짓을 할지 모른다.

평소라면 모르지만 위급한 상황인 일본에 있어서 그들의 공격은 치명적일 수 있다.

"그러니 일은 크게 벌이지 못할 거야. 물론 주변에 있는 부하들은 사정이 다르지만."

사노 유지가 주변에 사람을 배치할 거라는 것쯤은 알고 있다.

'이미 내 뒤로 따라오는 놈들이 몇인데.'

하지만 노형진이 노골적인 적대 행위를 하지 않는 이상에야 그들은 어떻게 하지 못한다.

"그리고 말이야, 둘이서 이야기할 때는 제대로 예를 갖춰야지."

"뭐?"

노형진은 피식 웃으면서 어깨에서 손을 스윽 내렸다.

그리고 절묘하게 감춰진 도청 장치를 꺼냈다.

"이런 건 예의가 아니지. 당사자 간의 녹음이 아니면 불법인 거 몰라?"

그러면서 노형진은 도청 장치를 뜯어내 박살 냈다.

도청 장치는 무려 세 개나 있었는데, 벨트에 하나, 단추 중에 하나, 그리고 구두에 하나였다.

"어떻게……."

사노 유지는 당혹스러웠다. 마치 다 알고 있었던 것처럼 미리 준비한 도청 장치를 다 박살 내 버렸으니까.

"뭐, 너는 스파이를 교육시키는 정보부 요원이잖아. 사람을 너무 믿는 것도 안 좋은 버릇이야."

사노 유지의 눈이 가늘게 떨렸다.

그 말은 최측근 중에 배신자가 있다는 뜻이니까.

"그러니까 순순히 관련자들을 이야기하지?"

"웃기는 소리. 내가 할 것 같으냐!"

"그래?"

노형진의 말을 단호하게 거부하는 사노 유지.

자신이 스파이인 것을 부정하지도 않는 걸 보니 정말 말할 생각은 없어 보였다.

　"그렇단 말이지?"

　그리고 찾아온 침묵.

　노형진도 사노 유지도 아무런 말도 하지 않고 서로를 노려보기만 했다.

　"뭐, 어쩔 수 없지."

　그런데 의외로 노형진은 쉽게 포기한 듯 일어났다.

　"뭘 하려는 거지?"

　"뭘 하긴. 설마 내가 너희들처럼 사람 거꾸로 매달고 손발톱 뽑아 가면서 고문할 거라 생각했어?"

　"으음……."

　"그런 일 없으니까 걱정하지 마. 말하기 싫다는데 외국인인 내가 뭐라고 하겠어?"

　노형진은 피식 웃으며 문으로 걸어갔다.

　하지만 그다음에 노형진의 입에서 나온 말에, 사노 유지의 얼굴은 사정없이 일그러졌다.

　"쿄우타 츠토무 씨에게 미리 연락해 둬. 조만간 찾아뵙는다고 말이야, 후후후."

다음 권으로 이어집니다

가휼 판타지 장편소설

전능하신 영주님

「아저씨 식당」 가휼 작가의 신작
이보다 더 완벽한 지도자는 없었다!

하루하루가 벅찬 인턴, 유성
별똥별을 보며 기도 한번 했더니
바르테온령의 적장자로 깨어나다!

귓가에 울리는 시스템 메시지
선대의 안배로 한 방에 소드 마스터?!

썩어 빠진 행정부 숙청부터
오랜 숙적과의 피 튀기는 전쟁에
드워프와의 역사적인 교역까지……

상상하는 모든 것을 이루어 주는
전능하신 영주님이 등장했다!

암살자였던 군주

김기세 판타지 장편소설

**죽음의 신에 의해 세상이 어지러울 때
암살자가 소리 없이 다가와 구원하리라!**

가족을 잃고 왕국 변방에서 평범하게 살아가던
전설의 특급 살수 가브

동생이 생존해 있음을 알고 찾으러 떠나지만
그의 앞에 펼쳐진 것은
누구든 구울이 되어 버리는 흑마법의 세상!

세상을 집어삼키는 것이 마신의 계획임을 깨달은 가브는
대항할 힘을 갖추기 위해 나라를 세우고
군주의 길을 걷기로 결심하는데……!

**군주가 된 암살자는 신도 살해한다!
마음 한편이 서늘해질 다크 판타지가 시작된다!**

이것이 법이다

이것이 법이다 12

2016년 7월 1일 초판 1쇄 인쇄
2016년 7월 6일 초판 1쇄 발행

지은이 자카예프
발행인 이종주

기획 팀 이기헌 송윤성
책임 편집 최전경

발행처 (주)로크미디어
출판등록 2003년 3월 24일
주소 서울시 마포구 성암로 330 DMC첨단산업센터 3층 314호
Tel (02)3273-5135 Fax (02)3273-5134
홈페이지 rokmedia.com E-mail rokmedia@empas.com

ⓒ 자카예프, 2015

값 8,000원

ISBN 979-11-5960-888-9 (12권)
ISBN 979-11-255-9575-5 04810 (세트)